Beer/Jenisch

GANZ ANDERS

für mich zuerst
du darfst auch
Fisch auch!

Martin Beer

Christoph Jenisch

GANZ ANDERS

Ein Roadmovie

Satzwerk Verlag

Für Mutti

Erste Auflage 2005
Originalausgabe

Gesamtherstellung: Satzwerk, Göttingen
Druck und Bindung: Wittchen, Nörten-Hardenberg
Umschlaggestaltung und Typographie: Steffi Riemann,
Basta Werbeagentur GmbH, Göttingen

ISBN 3-930333-55-4
www.satzwerk.de

Unter welcher Flagge fahren wir?
Wir haben keine Flagge.
Welcher Kurs?
Auf die offene See.

Yul Brynner und Charles Boyer
in »Der König der Freibeuter«

Dann darf ich auch an die
Existenz des Babirusa oder, wie er
wohl auf deutsch heißt, des Hirsche-
bers erinnern, der
ebenfalls zu den Vertrauten
meiner Kindheit gehört; ein
liebenswert bizarrer, kleiner Dick-
häuter. Er wird doch nicht, auf den
Malayischen Inseln,
ausgestorben sein?

Theodor W. Adorno
an Bernhard Grzimek, 1965

Für den Fall, daß dieser Roman verfilmt werden sollte, bitten wir, dabei auf folgende Schauspieler zu verzichten:

Thomas Heinze (»Sanfter Macho mit Hundeblick«), *Jan Josef Liefers* (»Frauenschwarm«), *Heino Ferch* (»Albert Speer«), *Moritz Bleibtreu* (»Spielt oft den Dummen«), *Katja Riemann* (»Bleiche Madonna des deutschen Films«), *Hella von Sinnen* (»Humor ist immer eine Frage des Geschmacks«), *Marie-Luise Marian* (»Begeisterte Hobbyköchin«), *Til Schweiger* (»Markenbewußter Mensch«), *Jasmin Tabatabai* (»Tussi?«), *Cosma Shiva Hagen* (»Ein sehr ungewöhnlicher Name«), *Sophie Schütt* (»Spontan und unverbraucht«), *Kai Wiesinger* (»Mittelmäßigkeit ist unerträglich«), *Corinna Harfouch* (»Ambitionierte Charakterdarstellerin: Magda Goebbels, Rabia vom Katzenstein«), *Alexandra Maria Lara* (»Der Wahnsinn war beklemmend«), *Jürgen Vogel* (»Der Kantige«), *Daniel Brühl* (»Ich gehe körperlich voll mit«), *Ben Becker* (»Hans Dampf in allen Bühnengassen«).

(Alle Zitate aus dem Internet)

INHALT

Gallus 9

Koblenzer Eck 51

Autobahn 83

Wald 109

Grenzen 137

Parkplatz 163

Strand 195

GALLUS

Eins

Bier. Victor schaute aus dunklen Augen ins helle Glas. Er hockte am Tresen der Pilsstube *Dubrovnik;* außer ihm, dem Wirt und Dieter, einem ehemaligen Brandmeister der Frankfurter Feuerwehr, war der Laden leer. Draußen wurde es langsam dunkel. Drinnen war es das schon seit Jahren. Das Bier jedoch sah freundlich aus: die gelblich leuchtende Farbe, der blütenweiße Schaum, die langsam aufsteigende, leicht perlende Kohlensäure, das kalte, nasse Glas ... Der erste Schluck war wie immer der beste. Victor steckte sich eine Zigarette an, inhalierte tief und betrachtete den aufsteigenden, sich windenden Rauch. Zeit, zurückzublicken.

Kein schlechter Tag – für einen, der Grundsätze hat. Gut, er hatte seinen Job verloren, aber das war nicht das erste Mal. Eine gewisse Routine hatte sich diesbezüglich eingestellt. Häufiges Zuspätkommen und mangelnde Anerkennung von Autoritäten waren sicherlich gute Gründe für eine Kündigung. Herr Suckermann, Victors Chef, hatte das geforderte Angestellten-Ethos stets ganz profan auf den Punkt gebracht: »Schaffe sollsde. Des Denke kannsde de Pferde üwwerlasse. Die habbe größere Köpp.« Also dachte Victor während der Arbeitszeit heimlich. Zuerst, zu Beginn seines Arbeitslebens, hielt er sich wie seine Kollegen an möglichst einfache, kurze Gedanken. Doch in letzter Zeit wurden seine Betrachtungen und die aus diesen resultierenden Theorien immer komplizierter, zeitaufwendiger und grundlegender: Was war wirklich wichtig im Leben? Was war Glück, und wie konnte man es finden? Victor war weit von befriedigenden Antworten entfernt, er wußte nur, daß sein persönliches Glück nicht mit Geld zusammenhing – und schon gar nicht mit der Montage von Einbauküchen. Auf beides würde er in Zukunft verzichten müssen, trotzdem fühlte er sich kein bißchen erleichtert. Merkwürdig. Er warf einen Blick auf den Feuerwehrmann, der wieder mal besinnungslos an der Theke hing. Der hatte seine Probleme gelöst – oder vielmehr gelöscht.

Victors letzter Arbeitstag in der Einbauküchenbranche hatte nur zwanzig Minuten gedauert, dafür hatte er den Rest des Tages um so intensiver nutzen können: Es war Mai, und die wärmenden Sonnenstrahlen lockten ihn in den Zoologischen Garten. Nachdem er die lärmenden Scharen ziellos umherschwirrender Schulklassen abgeschüttelt hatte, führte ihn sein Weg direkt zu dem kleinen, unscheinbaren Rundbau in einer abgelegenen Nische des Tiergartens. Hierher kam er oft, um den Hirscheber zu besuchen, ein schweineähnliches Tier mit unklarer artengeschichtlicher Herkunft. Victor dachte an seine Mutter und wünschte sich eine ebenso unklare Herkunft. Der Hirscheber guckte ihn aus kleinen, schwarzen Augen an. Victor erwiderte den Blick des Tieres. Der Hirscheber drehte sich zur Seite und sackte in das bereitliegende Heu. Victor lehnte sich an eine Säule und rauchte. Die schönsten Momente des Tages sind oft die unspektakulärsten, dachte er: wenn Mensch Mensch und Hirscheber Hirscheber sein kann.

Das zweite Kaltgetränk wanderte über den Tresen. Mit kräftigen Schlucken leerte Victor unverzüglich ein Drittel des Glases. Neue Gäste hatten die Kneipe betreten. Ein zigarrerauchender Anzugträger dozierte über die Vorzüge des öffentlichen Nahverkehrs in Birmingham. »Vom Flughafen aus steige ich einfach in die Sieben, und schon bin ich da! Das ist nicht so wie hier. Die Sieben bringt dich direkt hin. Einfach vom Flughafen aus die Treppe runter und in die Sieben gestiegen. Ganz einfach.« Ein unscheinbares, übergewichtiges Etwas hörte ergeben zu, außerstande, den Sermon zu unterbrechen. »Ich bin auch früher schon immer mit der Sieben gefahren. Da wußte ja noch keiner, daß die Sieben direkt vom Flughafen fährt. Da hab ich jedesmal locker zwanzig Minuten gespart. Einfach mit der Sieben. So einfach kann das sein.«

Victor wandte sich ab und dachte einen Augenblick über das merkwürdige Bedürfnis der Menschen nach, unbedingt Zeit sparen zu wollen. Wozu? Und wie sollte das überhaupt gehen? In einer riesigen Zeitspardose sammeln sich die Minuten und Stunden angesparter Zeit. Wann sollte man sie je ausgeben? Und wofür? Hätten ihm heute morgen dreißig Minuten angesparter Zeit aus der Zeitspardose die Karriere im Einbauküchengeschäft gesichert? Wäre sein Leben in anderen Bahnen verlaufen, wenn er in Birmingham gearbeitet hätte und mit der Sieben direkt und immer pünktlich ans Ziel gelangt wäre? Und waren all diese Überlegungen nicht blanker Unsinn? Das dritte Bier harrte bereits geduldig seiner Bestimmung.

Was dem Anzugträger in Birmingham die Sieben, war Victor in Frankfurt die Elf. Nach seinem Besuch im Zoo hatte er sich auf den Heimweg gemacht. Er nahm zu diesem Zweck immer die ehrwürdige Straßenbahnlinie Elf. Zwar brachte sie ihn nicht direkt und auf kürzestem Weg nach Hause, aber Victor hatte ja Zeit. Gemächlich schlängelte sich die Straßenbahn durch die Innenstadt, vorbei an den wichtigsten Drogenumschlagplätzen, durch die Münchner Straße zum Hauptbahnhof und weiter ins Gallusviertel, wo Döner-Buden, Änderungsschneidereien und Gebrauchtwagenhändler das Geschäftsleben dominierten. Hier wohnte Victor, strategisch günstig zwischen dem Getränkemarkt *Schluckspecht*, der Trinkhalle *Koblenzer Eck* und seiner Stammkneipe, dem *Dubrovnik*. Zu Hause angekommen, hatte er eine Strategie zur angemessenen Abrundung dieses Tages entworfen. Gulasch war ein elementarer Teil seiner

Planungen, ein gutes Gulasch kochen und Bier trinken. Jeder Neubeginn sollte prinzipiell mit Gulasch und Bier zelebriert werden. Victor hatte sich seit jeher an diese Regel gehalten, und man konnte mit Fug und Recht behaupten, daß sein Gulasch seinesgleichen suchte. Einmal hatte sogar eine Nachbarin, vom Duft des Gulaschs betört, an seiner Wohnungstür geklingelt. Sie blieb nicht nur zum Essen, doch am Ende stand die Erkenntnis, daß das würzige Fleischgericht zwar kurzfristig den Geschlechtstrieb anregen kann, jedoch nicht unbedingt zum Aufbau und Erhalt einer dauerhaften Beziehung beitragen muß.

Das vierte Pils war halb geleert, am Nachbartisch wurde es zunehmend stiller. Die letzte Elf war schon vor Stunden gefahren. Victor trank aus und verließ beschwingt das *Dubrovnik.* Die Kölner Straße lag einsam im Mondlicht. Vom Bahngelände hörte man das Rumpeln und Quietschen rangierender Züge. Er genoß den kurzen Fußweg und war bester Stimmung. Die Stadt schien zu schlafen, nur vor einem Haus auf der anderen Straßenseite waren noch Geräusche zu vernehmen. Dort türmte sich auf dem Gehweg neben dem gallusüblichen Gerümpel wie Umzugskartons und alten Fernsehern ein Berg unförmiger blauer Plastiksäcke, mit denen eine hagere Gestalt leise fluchend einen Kleinlaster belud. Victor überquerte die Straße. Dem Mann konnte geholfen werden! Er griff sich einen der prall gefüllten Plastiksäcke und trug ihn vorsichtig zum Kleinlaster. Gerade als er ihn über die Ladekante wuchten wollte, platzte der Sack, und eine Lawine strahlend weißer Gegenstände ergoß sich über den Bürgersteig. Bei Gott, was wollte ein Mensch mit so vielen Turnschuhen?

Zwei

Alles würde sich ändern. Sein Leben mußte – endlich – einen völlig anderen Verlauf nehmen, und diese Vision, der sich Paul nun schon seit mehreren Stunden hingab, führte zu einer Euphorie, wie er sie bisher ausschließlich nach dem gelegentlichen Konsum gewisser illegaler Drogen erfahren hatte. Mit Befriedigung stellte er fest, daß das Glücksgefühl, das ihn durchströmte, immer dann besonders intensiv wurde, wenn er sich vorstellte, in Zukunft nicht mehr mit seinen Mitbewohnern zusammenleben zu müssen. »Mitbewohner« war eigentlich ein unzutreffender Begriff, denn tatsächlich handelte es sich um Menschen, mit denen er nur aufgrund einer bösartigen Laune des Schicksals und – Paul mußte es zugeben – auch wegen seiner Geldknappheit, die ihm bislang einen Umzug verwehrt hatte, gezwungen war, neben Küche, Bad und Toilette auch einen unerfreulich großen Teil seiner Lebenszeit zu teilen. Doch jetzt hatte er eine Entscheidung getroffen.

Paul lag auf seinem Bett und starrte an die Zimmerdecke. Das war spannender als der Blick aus dem Fenster, vor dem sich die Hinterhöfe des Frankfurter Gallusviertels ausbreiteten. Das Gallus hatte einen kriminellen Ruf, aber Paul war dort noch nie etwas Aufregenderes vor Augen gekommen als die in den Hinterhöfen zum Trocknen aufgehängte Wäsche. Bis gestern. Er hatte die Wohnung nur kurz verlassen, um Erdnüsse zu kaufen. Als er in sein Zimmer zurückgekehrt war, hatte er anstelle seines Fernsehers zwanzig Euro sowie einen Zettel von Kisten-Rudi vorgefunden. Dieser hatte ohne Pauls Wissen dessen Fernseher verkauft und mit ihm »Halbe-Halbe« gemacht. Die zwanzig Euro waren Pauls Anteil.

Kisten-Rudi war einer seiner beiden Mitbewohner und betrieb von seinem Zimmer aus einen schwunghaften Handel mit Turnschuhen vermutlich osteuropäischer Herkunft, und er hatte die bedauerliche Angewohnheit, pausenlos über die damit zusammenhängenden Unternehmensziele zu bramarbasieren. Die Schuhe seien nur ein Anfang, wurde er nicht müde zu verkünden. Schon bald werde er Geschäfte in ganz anderen Dimensionen tätigen, und dergleichen Unsinn mehr, bei dem Paul immer ganz schnell weghörte. Daß es dabei auch um seinen Fernseher ging, hatte er nicht ahnen können. Wie Paul war auch Rudi Mitte dreißig, womit sich beider Gemeinsamkeiten aber bereits erschöpften. Kisten-Rudi sah zu jeder Tageszeit so aus, als habe er sich vor sieben Stunden rasiert, und in seinen Augen glühte ein dunkles Feuer, das, Paul war sich da ganz sicher, Frauen reihenweise in Ohnmacht fallen ließ. Dabei konnte er unglaublich, wie Paul fand, geradezu widerwärtig charmant sein.

Paul hatte lange überlegt, wie er auf den Verkauf seines Fernsehers reagieren sollte. Kisten-Rudi zur Rede zu stellen war sinnlos – dessen Eloquenz hatte er nichts entgegenzusetzen. Das Gespräch würde unweigerlich damit enden, daß er Kisten-Rudi dankbar sein mußte. Es gab nur eine mögliche Reaktion – Paul würde so schnell wie möglich ausziehen, und er würde Kisten-Rudi demonstrativ ignorieren. Seitdem er diese Entscheidung getroffen hatte, fühlte er sich so euphorisch wie lange nicht mehr. Ein neuer Fernseher würde sich auch noch finden.

Der Hunger trieb Paul aus dem Bett und an seine Zimmertür. Vermutlich war niemand da draußen. Niemand außer den Insekten natürlich. In den siebzehn Monaten, die Paul in dieser grauenerregenden Gemeinschaft lebte, war die Küche nur eine einzige Woche käferfrei gewesen. Da Paul sich selbst außerstande sah, sowohl der Käfer Herr zu werden als auch die Schmutzkrusten von Herd, Spüle, Fußboden und Wänden zu eliminieren, hatte er sich einmal der professionellen Hilfe einer portugiesischen Putzfrau versichert. Diese hatte zunächst voll Abscheu die Küche besichtigt, um anschließend als Lohn einen Betrag in Höhe einer halben Monatsmiete zu fordern. Für die Beseitigung der Krusten benötigte sie mehrere Stunden sowie eine einschüchternde Anzahl Reinigungsmittel, Lappen und sogar Spachtel. Für die Ausrottung der Käfer verwendete sie ein portugiesisches Geheimpräparat, das sie selbst herstellte und das im Dunklen phosphoreszierend leuchtete.

Paul wagte sich in die Küche. Der Kühlschrank war leer. Das einzig Eßbare bestand in Ulrikes Kefirpilz, der auf dem Küchentisch vor sich hin dämmerte, sowie einer Tüte Tomatensuppe, deren Haltbarkeitsfrist bereits zur Zeit von Pauls Einzug abgelaufen war. In der Spüle stapelte sich das Geschirr, und der Herd wurde von flechtenartigen Gewächsen besiedelt. All das war vermutlich ziemlich ungesund. Nach der letzten chemikaliengestützten Reinigungsaktion hatte Ulrike, seine andere Mitbewohnerin, eine Grundsatzdiskussion angezettelt, die sich über mehrere Tage sowie die Themen »Wert des Lebens«, »Ökologie und Ökonomie«, »Chemische Zusatzstoffe in Lebensmitteln«, »Allergien in der Industriegesellschaft« sowie »Rechte von Frauen, Lesben und Mädchen« erstreckte. Letzteres war ihr Lieblingsthema, dem sie sich auch beruflich verschrieben hatte, denn, wie sie nicht müde wurde zu betonen, sie »berate Frauen«. Als sie ihm zum ersten Mal davon erzählt hatte, hatte Paul verstanden, sie »brate Frauen« und sich darüber herzlich amüsiert, woraufhin Ulrike ihn ansah, als habe er soeben gestanden, ihren Kefirpilz regelmäßig mit Dioxin zu düngen.

Worin sie Frauen beriet, war Paul nicht ganz klar, und eigentlich wollte er es auch gar nicht so genau wissen. Wahrscheinlich ging es bei den Beratungen um die Frage, wie man im Leben aus Prinzip auf möglichst viel verzichten und dabei so wenig Spaß wie möglich haben kann. Zumindest darin war Ulrike zweifellos Expertin. In emotionale Wallungen geriet sie nur, wenn irgendwo Leben zu erhalten und zu unterstützen war, auch wenn es sich lediglich in Gestalt von großen Käfern in der Küche oder einem hartnäckigen Pilz neben der Duschwanne manifestierte. Ulrike erschien Paul als ein lebender Anachronismus: Er hatte angenommen, ihre Art sei seit den späten achtziger Jahren ausgestorben. Aber bestimmte Dinge überleben alles oder kommen unverhofft wieder – Schimmelpilz, Käfer und die achtziger Jahre waren überzeugende Beweise dafür.

Den fruchtlosen Disput über die Umstände der Käferbeseitigung hatte sie mit den Worten beendet, daß offenbar »die Frequenzbereiche« ihrer beider »Schwingungsmuster nicht konvergent« seien. Paul hatte nicht genau zugehört, war aber unabhängig von ihr zu einem ähnlichen Schluß gelangt. Spätestens seit dem Käferkonflikt bemühte er sich, Ulrike möglichst aus dem Weg zu gehen.

Da ihm die Küche – abgesehen von Ekel und Bakterien – nichts bieten konnte, begab er sich in sein Zimmer zurück. Dort sah er sich um, aber auch diesen Anblick fand er wenig erbaulich. Die Möblierung stammte weitgehend von seinem Vorgänger in der Wohngemeinschaft – heruntergekommene Sperrmüllstücke, die er nach einer gründlichen Desinfektion dennoch in seinen Besitz genommen hatte. Seine eigenen Habseligkeiten bestanden aus einem Haufen T-Shirts, Jeans, einer Reihe Taschenbücher, dem Gesundheitslexikon – und zwanzig Euro. Nicht viel, aber immerhin würde er so ohne großen Aufwand ausziehen können. Er versuchte sich vorzustellen, wie Ulrike und Kisten-Rudi wohl auf seinen Auszug reagieren würden. Wahrscheinlich wären sie froh darüber. Paul sah sich in dieser WG in der Rolle eines ungebetenen Gastes oder ungewünschten Kindes, und vermutlich waren die beiden diesbezüglich sogar einmal seiner Meinung.

Merkwürdigerweise war das Verhältnis zwischen Ulrike und Kisten-Rudi konfliktfrei: Obwohl Kisten-Rudi vieles tat, was Ulrikes Zorn hätte wecken müssen (die Bedingungen beispielsweise, unter denen seine Turnschuhe hergestellt wurden, entsprachen gewiß nicht Ulrikes sozio-ökologischen Grundsätzen, von den karzinogenen Abgasen seines Transporters ganz zu schweigen), legte sie ihm gegenüber eine auffällige Nachsicht an den Tag. Und manchmal, etwa wenn sie ihm mit fast mütterlicher Fürsorge ihre trockenen Haferkekse anbot, schien das Verhältnis der beiden sogar über respektvolle Duldung hinauszugehen. Paul hatte sich jedoch nie entschließen können, der Qualität dieser Beziehung eingehender nachzuforschen. Allein die Vorstellung, daß Ulrike und Kisten-Rudi intimen Körperkontakt haben könnten, erschien ihm so absurd und abstoßend, daß er sich ihr auf keinen Fall hätte hingeben wollen.

Paul beschloß, sich noch ein wenig auszuruhen. Die Veränderungen der nächsten Zeit konnten viel Kraft kosten, aber als Lohn seiner Anstrengungen würden Ulrike und Kisten-Rudi samt Käfern, Dreck und Turnschuhen bald endgültig der Vergangenheit angehören und allenfalls in Form einer gelegentlich erzählten Anekdote wieder in sein Leben zurückkehren.

Drei

»Paul!«

Jemand klopfte an seine Zimmertür.

»Paul! Wach auf! Du mußt uns helfen!«

Kisten-Rudi stand vor seiner Tür und versuchte ihn zu wecken. Paul warf einen ungläubigen Blick auf seinen Wecker. Es war kurz vor drei. Nachts! Um drei Uhr nachts sollte er aufstehen und Kisten-Rudi helfen. Aber wobei? Und warum sprach Kisten-Rudi von »uns«? Wer war bei ihm? Ulrike? Was abermals die Frage aufwarf, wobei er den beiden helfen sollte. Hatten sie in einer nächtlichen Aktion Labortiere befreit? Affen mit schauderhaften Krebsgeschwüren und blinde Krokodile, an denen man Waschmittel getestet hatte? Oder wollte Kisten-Rudi weitere von Pauls Habseligkeiten verkaufen? Paul sah sich um, aber es gab nichts, das zu verstecken sich lohnte.

»Paul, ich weiß, daß du wach bist. Es dauert nicht lange.«

Paul stand vorsichtig auf und schlich auf Zehenspitzen zur Tür. Er würde einfach so tun, als sei er gar nicht da. Zur Not könnte er dann immer noch behaupten, daß er geschlafen und sie nicht gehört habe. Aber was ging da draußen vor?

»Hey! Paul! Ulrike ist nicht da, und *du* kannst ja schließlich auch mal was für andere tun.«

Paul versuchte, diese Unverschämtheit zu ignorieren. Kisten-Rudi unterstellte ihm, daß er, Paul, nie etwas für andere tue! Er konnte sich freilich nicht daran erinnern, daß Kisten-Rudi seinerseits jemals etwas für die Allgemeinheit getan hatte – abgesehen vom Import weißer Turnschuhe aus Osteuropa und dem Verkauf von Pauls Fernseher, wobei Paul bezweifelte, daß man das als Etwas-Für-Andere-Tun durchgehen lassen konnte.

Jetzt war vor der Tür eine Männerstimme zu vernehmen, die Paul nicht kannte. Jedenfalls war es nicht Ulrike. Der andere fragte – leiser als Kisten-Rudi, wie Paul dankbar vermerkte –, wer denn »der da drin« eigentlich sei und ob man nicht einfach »da reingehen und den wecken« könnte. Kisten-Rudi erklärte, daß Paul – so heiße der Typ, der da wohne –, ein ziemlich fauler Kerl sei, der den ganzen Tag nichts mache, außer an allem herumzunörgeln. Irgendwie sei der ja schon ganz nett, aber alles in allem ein merkwürdiger Mensch, der mit kaum jemandem rede, und er, Kisten-Rudi, sei sich ziemlich sicher, daß Paul jetzt gar nicht schlafe, denn wenn man schon den ganzen Tag im Bett verbracht habe, könne man um diese Zeit unmöglich auch noch schlafen. Kisten-Rudi wisse das aus eigener Erfahrung. Vielmehr stünde Paul zweifellos lauschend hinter der Tür. So einer sei das. Außerdem sei die Zimmertür meistens abgeschlossen, egal ob Paul zu Hause sei oder nicht. Der sei schon ziemlich paranoid. Einmal habe Paul ihn, Kisten-Rudi, sogar zur Rede gestellt, weil er angeblich etwas von Pauls Lebensmitteln aus dem Kühlschrank genommen habe.

(An diese Situation konnte Paul sich noch ziemlich gut erinnern: Er hatte für den ganzen Monat eingekauft, mußte aber bereits am zweiten Tag feststellen, daß der Kühlschrank nahezu leer war. Sein Verdacht war selbstverständlich auf Kisten-Rudi gefallen, da Ulrike, die einzige andere potentielle Täterin, die Nutzung des Kühlschranks aus ökologischen Motiven kategorisch ablehnte und ihre Bio-Lebensmittel draußen vor dem Fenster in einem leeren Blumenkasten aufbewahrte.)

Andererseits aber, fuhr Kisten-Rudi fort, vergreife Paul sich seinerseits an den Lebensmitteln der anderen, ihm zum Beispiel trinke er stets den Schnaps weg.

(Das war nun wieder eine dreiste Lüge, denn dieser

Schnaps war eine klebrige Scheußlichkeit von grellgelber Farbe, die Kisten-Rudi vermutlich aus derselben dubiosen Quelle bezog wie seine Turnschuhe. Paul hatte nur einmal davon gekostet – und das auch nur, weil Kisten-Rudi ihn dazu genötigt hatte. Danach hatte Paul das dringende Bedürfnis, sich umgehend die Zähne zu putzen.)

Der andere, der mit der leiseren Stimme, pflichtete Kisten-Rudi bei, indem er anmerkte, daß man mit seinen Mitbewohnern die wunderlichsten Erfahrungen machen könne. Er selbst habe auch schon die skurrilsten Menschen kennengelernt. Mit »dem da« könne man jedenfalls heute wohl nicht mehr rechnen, weshalb sie sich besser gleich an die Arbeit machen sollten, denn schließlich wollten sie ja auch noch Bier trinken.

Die beiden entfernten sich, während Paul darüber nachdachte, was ihn mehr verwirrte: daß Kisten-Rudi ihn für einen nörgelnden Faulenzer hielt, oder daß er wußte, daß Paul hinter der Tür stand. Und warum fand er Paul trotz allem »ganz nett«? Und wer war der andere? Und was hatten die beiden eigentlich vor? Und wer trank Kisten-Rudis Schnaps? Ulrike?

Bereits nach wenigen Minuten waren die beiden wieder da: Paul hörte lautes Poltern aus Kisten-Rudis Zimmer, dann gingen sie wieder, keuchend und offenbar schwer beladen. Sollte er vielleicht doch mal nachsehen, was sie aus der Wohnung trugen? Wenn es sich um etwas Illegales handelte, würde dies, da ja Kisten-Rudi in den Handel verwikkelt war, der Polizei keinesfalls verborgen geblieben sein, denn gewiß standen er und seine zwielichtigen Geschäfte schon lange unter Beobachtung. Wie aber könnte Paul im Falle einer Hausdurchsuchung der Polizei glaubhaft machen, daß er nicht nur *unbeteiligt*, sondern sogar *unwissend* war? Gerade jetzt, in einem Moment der Hoffnung auf ein besseres Leben, konnte er solche Konflikte am allerwenigsten gebrauchen!

Kisten-Rudi und sein Helfer kehrten erneut zurück, und wieder rumpelte es gewaltig in Kisten-Rudis Zimmer. Das schien nun aber die letzte Ladung zu sein, denn Paul hörte, wie Kisten-Rudi seine Tür schloß und die beiden sich in die Küche zurückzogen, zweifellos, um dort wie angekündigt Bier zu trinken. Paul lauschte noch eine Weile, verstand aber nur Bruchstücke des Gesprächs, das sich offenkundig um Schweine und Gulasch drehte. Hatten die beiden etwa den Schlachthof ausgeraubt? Dealte Kisten-Rudi mit illegalem Gulasch? Paul gab auf und legte sich wieder ins Bett. Er würde sich einfach nicht in Kisten-Rudis Geschäfte einmischen, bei der Befragung durch die Polizei auf seiner Unwissenheit beharren, und außerdem zöge er ja sowieso bald aus.

Kisten-Rudis Gast ging gegen fünf. Auf der Straße brüllten noch ein paar Russen, dann war es endlich still. Am frühen Morgen hatte Paul einen verwirrenden Traum, in dem ein Hirscheber eine tragende Rolle spielte. Dabei hatte Paul in seinem Leben noch nie einen Hirscheber gesehen!

Vier

Schlurp, Schlapp. Schmatzende Geräusche waren das erste, was Victor an diesem Morgen vernahm. Sein Hirn glich einer gallertartigen Masse, die zäh in seinem Schädel hin und her schwappte. Kopfschmerzen waren nur eins von zahlreichen Problemen, mit denen er sich konfrontiert sah. Unfähig sich zu rühren, starrte er ins Leere und in eine ungewisse Zukunft. Auch die unmittelbare Vergangenheit lag im Nebel. Mühsam versuchte er, die Puzzleteile der vergangenen Nacht ineinanderzufügen.

Erneut vernahm er ein leises Schmatzen. Es kam aus der Küche. Soweit er sich erinnern konnte, wohnte er allein, aber nicht einmal dafür wollte er zu diesem Zeitpunkt seine Hand ins Feuer legen.

Mit dem Karton kam die Erinnerung: Er ertastete ihn mit nackten Zehen am Fußende des Bettes. Ein kleiner Karton, fest mit Paketband verklebt. Jetzt wußte er es wieder: Ein Mensch namens Kisten-Rudi hatte ihm dieses Paket gestern anvertraut. Es sei gut, daß sie einander nicht kannten, und Victor wirke vertrauenswürdig, hatte dieser Kisten-Rudi gesagt. Falls die Lage zu heiß werde, solle er das Paket umgehend zur Post bringen. Es sei ausreichend frankiert und mit einer Adresse versehen. Als Dank hatte Victor eine Flasche erhalten, die er auf der kleinen Kommode neben seinem Bett erblickte. Zögernd griff Victor nach dem Präsent, öffnete den Schraubverschluß und schnupperte an der grellgelben Flüssigkeit. Eine Duftwolke aus Petroleum-, Urin- und Fisch-Aroma schlug ihm entgegen. Davon konnte er unmöglich getrunken haben! Aber wer hatte es sonst getan (denn es fehlten einige erhebliche Schlucke)? Oder war ihm die Flasche schon angebrochen überreicht worden? Er konnte sich beim besten Willen nicht erinnern, verspürte jedoch ein dringendes Bedürfnis nach einer sofortigen, ausgiebigen Zahnpflege.

Noch etwas unsicher auf den Beinen, nahm er behutsam den Weg zum Badezimmer in Angriff. Ein lautes Rumpeln ließ ihn erstarren. Jetzt kam das Geräusch aus dem Wohnzimmer. Da war ein Fremder in seiner Wohnung – und Victor besaß nicht einmal eine Waffe, mit der er sich hätte wehren können!

Reflexartig griff er nach der Flasche mit der widerlichen Flüssigkeit und verschanzte sich hinter der Schlafzimmertür. Zur Not würde er sich mit der Flasche verteidigen. Er konnte damit zuschlagen oder sie öffnen und sich mit den bestialischen Ausdünstungen zur Wehr setzen. Im schlimmsten Fall, aber daran wollte er lieber nicht denken, war es auch möglich, den Gegner mit der beißenden Brühe zu bespritzen. Victor dachte voller Ekel über diese Variante nach: Nur im äußersten Fall würde er die Flasche nochmals öffnen. Diesen Geruch bekäme er im Leben nicht mehr aus der Wohnung. Wahrscheinlich handelte es sich bei dem ätzend stinkenden Fusel um eine lebensgefährliche Säure, die nicht nur seinem Dielenboden irreparable Schäden zufügen würde.

Ein neuerliches heftiges Krachen und Scheppern störte Victor aus seinen Überlegungen auf. Die Balkontür war unsanft aufgerissen worden. Ein Aufschlag, lautes Rascheln, ein wütender Schrei, eindeutig der einer Frau. Mit der Flasche im Anschlag sprang Victor mutig ins Wohnzimmer. Die Balkontür stand offen und hing schief in den Raum. Im Vorgarten konnte Victor grade noch das Bild einer Frau erhaschen, die sich durch die Berberitzenbüsche des Vorgartens zur Straße vorkämpfte. Ihr orangefarbener Rock und mehrere lange Halstücher hatten sich in den Zweigen der dornigen Sträucher verfangen. Mit rudernden Armbewegungen bahnte sie sich eine Schneise ins Freie. Victor war wieder allein.

Nur halbwegs beruhigt vom unblutigen Ausgang dieses unheimlichen Vorfalls stellte er die Flasche zur Seite und sah sich um. Die Balkontür würde er reparieren oder gar ersetzen müssen. Auf der Couch lag seine Eintracht-Frankfurt-Wolldecke, wüst zerknüllt. Offensichtlich hatte dort jemand geschlafen. Auf dem Couchtisch stand ein Glas mit einem Rest Flüssigkeit, die ein mittlerweile vertrautes Fisch-Urin-Aroma ausdünstete – Victors chemische Keule wäre wirkungslos geblieben, denn die unbekannte Frau hatte ihrerseits von der grellgelben Flüssigkeit sogar getrunken! Ansonsten schien das Wohnzimmer unverändert zu sein. Victor wandte sich der Küche zu. Von hier waren die ersten seltsamen Geräusche gekommen, die er an diesem Morgen vernommen hatte, und hier war das Desaster offenkundig: Die Reste seines am Vorabend gekochten Gulaschs waren grausam massakriert worden. Wie konnte man so brutal mit Lebensmitteln umgehen! Soßenspritzer und Fleischbrocken bedeckten Anrichte, Tischplatte, Fußboden und Wände. Und auf dem Biedermeierspiegel über der Spüle stand das Wort »MÖRDER« – geschrieben mit Kalbsleberwurst!

So sehr er sich auch bemühte: Victor konnte sich auf all das keinen Reim machen und den Verlauf der vergangenen Nacht nicht annähernd exakt rekonstruieren. Da war eine Unmenge Bier, das wußte er noch, ein wirres Gespräch mit Kisten-Rudi in dessen Wohnung, daselbst ein sich verbarrikadierender Mitbewohner, das seltsame Paket, eine nicht minder seltsame Begegnung im Treppenhaus mit einer Frau. Wie hieß die noch? Ulrike! Jetzt hatte er's wieder. War das die flüchtende Frau gewesen? Aber wie war sie in seine Wohnung gekommen? Und warum war sie geflüchtet?

Lauter peinliche Fragen. In Zukunft weniger Bier trinken! Das war der erste Entschluß, den Victor an diesem Tag fällte. Eindeutig weniger trinken! Aber zunächst mußte er seinen Kater loswerden. Und den Karton, den mußte er auch loswerden. Was er jedoch mit der teuflischen Flasche und der vagen Erinnerung an diese ihm unbekannte Ulrike anstellen sollte, war ihm ebenso wenig klar wie der weitere Verlauf des Tages.

Fünf

Wieder starrte Paul an die Zimmerdecke und versuchte vergeblich, sich auf seine Zukunft zu konzentrieren, die ihm jetzt plötzlich wesentlich weniger verheißungsvoll erschien als noch am Abend zuvor. Die gestrige Euphorie war einer desillusionierenden Nüchternheit gewichen, die überhaupt nicht geeignet war, ihn zum Aufstehen zu veranlassen. Also blieb er im Bett und versuchte, durch intensive Konzentration wieder in jenen Zustand rauschhafter Begeisterung zu gelangen, der gestern seine Perspektiven so vielversprechend hatte erscheinen lassen.

Vielleicht hätte er am Abend doch etwas essen sollen. Aber auch dieser eigentlich nicht unvernünftige Gedanke führte ihn wieder zu den eher unangenehmen Erinnerungen an die vergangene Nacht zurück. Sicher, sein Leben würde sich schon bald grundlegend ändern, aber jetzt, im hellen Licht des neuen Tages, führte kein Weg an der Einsicht vorbei, daß es das nicht von allein bewerkstelligen würde. Er mußte zu den erhofften Veränderungen schon etwas beitragen. Kurz erwog Paul, sich zu rasieren, das wäre immerhin ein Anfang, bescheiden, aber machbar und unproblematisch. Ein viel größeres Problem war beispielsweise an Geld zu gelangen. Seine Eltern ließen ihm zwar gelegentlich etwas zukommen, aber Reichtümer waren aus dieser unzuverlässig plätschernden Quelle nicht zu erwarten. Auf plötzliche Erbschaften brauchte er auch nicht zu hoffen, es sei denn, er ließe sich von einem solventen Zeitgenossen adoptieren, aber wer war dazu schon bereit? Hoffnungen auf einen Lottogewinn konnte er sich erst machen, wenn er zuvor einen Lottoschein ausgefüllt, abgegeben und vor allem – das war das Hindernis – bezahlt hatte. Arbeiten – das stellte natürlich eine naheliegende Alternative dar, aber wann sollte er das tun? Früh aufzustehen war vollkommen sinnlos, da er vor dem Mittag sowieso zu nichts zu gebrauchen war. Der Nachmittag schied aus, weil er dann seine bevorzugten Fernsehsendungen (Tierfilme, Kochsendungen, Gesundheitsmagazine) sehen mußte – jedenfalls sobald er wieder im Besitz eines Fernsehers wäre. Am Abend ging es nicht, weil er sich da in der Regel in einem Zustand quälender Unentschlossenheit befand. Außerdem mußte er ja irgendwann auch mal schlafen. Der Frage, *was* er arbeiten sollte, mochte er sich schon gar nicht zuwenden. Sein Philosophiestudium hatte er vor längerer Zeit an den Nagel gehängt, nachdem er sich intensiv, zu intensiv vielleicht, mit Schopenhauer beschäftigt hatte. Damals war er wie dieser zu der Erkenntnis gelangt, das Schicksal bestehe im »ganzen und allgemeinen« aus »Mangel, Elend, Jammer, Qual und Tod«, Krankheit und Verzweiflung nicht zu vergessen, womit Anstrengungen jedweder Art von vornherein zum Scheitern verurteilt waren. Seither hatte er es im wesentlichen dabei belassen, das allgemeine Elend aus der Distanz zu betrachten und sich damit in seinem eigenen bestätigt zu fühlen.

Doch nun würde alles anders werden, ganz anders. Aber wie er die Sache auch drehte und wendete: Für die Finanzierung seiner glücklichen Zukunft brauchte er Geld, und er mußte sich dem Gedanken stellen, daß er dieses Geld nicht ohne Gegenleistung bekommen würde. Gestern hatte die Vorstellung, einer mehr oder weniger – wobei er entschieden auf das »weniger« hoffte – geregelten Arbeit nachzugehen, noch ein wärmendes Licht auf seine Zukunft geworfen, eine Zukunft in einer eigenen Wohnung, ohne Kisten-Rudi, ohne Ulrike, ohne nächtliche Störungen und …

»Paul?«

Nicht schon wieder! Hatte man in dieser Wohnung überhaupt keine Privatsphäre mehr, weder nachts um drei noch – er warf einen Blick auf den Wecker – nachmittags um vier? Genausogut konnte er in der Herrentoilette des Frankfurter Hauptbahnhofs leben.

»Paul! Bitte!«

Diesmal war es Ulrike, die vor seiner Zimmertür stand und klopfte. Sofort überkam ihn ein vages Schuldgefühl, denn Ulrike sprach eigentlich nur mit ihm, wenn sie ihn auf ein ökologisches, soziales oder politisches Fehlverhalten seinerseits hinweisen wollte. Aber jetzt klang sie weniger vorwurfsvoll als vielmehr ... verzweifelt?

»Paul, bitte, mach auf! Ich muß mit dir reden!«

Paul hörte ein leises Schniefen. War in Australien ein Wal gestrandet? Hatte jemand in China einen Delphin gebraten? Er jedenfalls war nicht schuld daran, da war er sich ganz sicher.

Er wußte, daß er einen Fehler beging, wenn er die Tür öffnete, aber schließlich konnte er nicht die nächsten Stunden und Tage in seinem Zimmer bleiben, während sich draußen Kisten-Rudi und Ulrike die Klinke seiner abgeschlossenen Tür in die Hand gaben. Also zog er widerwillig eine Hose an, atmete tief durch und öffnete. Ulrike sah fürchterlich aus. Ihr Unglück hatte offensichtlich nichts mit einem gestrandeten australischen Wal zu tun, es sei denn, sie hatte ihn eigenhändig an Land gezerrt: Ihr Leinenrock war zerrissen und voll dunkler Flecken, die naturseidenen Halstücher hingen ihr in Fetzen von den Schultern, und ihr Gesicht war tränenüberströmt und zerkratzt, als hätte sie mit einer Straßenkatze gekämpft, vermutlich um einer Ratte das Leben zu retten. Zu Pauls Schrecken fiel sie ihm auch noch um den Hals – wobei ihm ein unangenehmer Geruch nach Leberwurst in die Nase stieg (oder war es Gulasch?) und begann laut schluchzend zu erklären, daß es »nie so weit hätte kommen dürfen«. Was da nie »so weit« hätte kommen dürfen, ging in ihrem Weinen und seinem

T-Shirt unter. Weil ihm nichts sinnvolleres einfiel, klopfte er ihr väterlich auf die Schulter, in der Hoffnung, sie auf diese Weise zu beruhigen. Und tatsächlich hörte Ulrike auf zu weinen und ließ ihn wieder los.

»Es tut mir so leid. Ich hätte das nicht tun dürfen.«

Obwohl er überhaupt nicht begriff, wovon die Rede war, wäre es auch Paul lieber gewesen, sie hätte »das« nicht getan.

»Ich muß mit jemandem reden. Komm mit in die Küche, ich habe uns einen Tee gekocht«, fügte sie mit plötzlicher Entschiedenheit hinzu. In ihrer Verzweiflung schien sich Ulrike erstaunlicherweise sicher zu sein, daß ausgerechnet der sonst als un-, wenn nicht gar asozial abgestempelte Paul sich ihren Problemen widmen werde. Sie könnte mich wenigstens fragen, dachte Paul, folgte ihr aber dennoch in die Küche.

»Ich weiß ja, daß wir uns bisher nicht sonderlich nahegestanden haben, aber ich werde alleine damit nicht fertig, und ich denke ja, daß dich das auch angeht, denn du wohnst ja immerhin auch hier und kennst uns ja beide.«

Paul hatte keine Ahnung, wovon sie redete, nickte aber gleichwohl verständnisvoll.

»Gestern abend war ich ... na ja ... ich war nicht hier«, fuhr Ulrike fort, nachdem sie Tee eingegossen hatte. »Und wo ich war, ist ja auch völlig unwichtig. Jedenfalls bin ich erst ziemlich spät nach Hause gekommen.«

Paul hoffte, sie werde endlich zur Sache kommen und nippte an seinem Tee.

»Schmeckt der Tee?«

Warum ausgerechnet Rooibos-Tee? Nur weil man ihn im südlichen Afrika traditionell zur Behandlung von Menstruationsbeschwerden und Hautkrankheiten einsetzte, mußte man sich doch damit nicht hierzulande den Nachmittag verderben.

»Ja. Danke.«

Vermutlich war das nicht der geeignete Augenblick, Ulrikes Tee in den Ausguß zu schütten und einen Kaffee zu kochen.

›Dein Tee schmeckt wie aufgewärmte Pisse, und entweder du erzählst mir jetzt endlich, was du zu erzählen hast, oder ich lege mich wieder ins Bett‹, hätte er gerne gesagt, war sich aber sicher, daß er dann weder etwas erfahren noch in absehbarer Zeit wieder ins Bett kommen würde. Also zwang er sich, ihr über seine Teetasse hinweg aufmunternd zuzunicken.

Ulrikes Unglück hatte am frühen Morgen begonnen. Soweit Paul ihrer verworrenen Darstellung folgen konnte, war sie nach Hause gekommen, als Kisten-Rudis Besucher gerade ging. Der Fremde hatte von Kisten-Rudi ein Paket erhalten, und das hatte in ihr eine Vermutung bestärkt, die sie schon seit einiger Zeit beschäftigte: Kisten-Rudi war in Geschäfte verwickelt, die, wie Ulrike argwöhnte, in jeder Hinsicht zweifelhaft waren. Paul hegte schon lange denselben Verdacht, war deswegen allerdings noch nie in Tränen ausgebrochen. Jedenfalls wollte Ulrike endlich Klarheit haben und war dem unbekannten Besucher nicht nur bis zu dessen Wohnung gefolgt, sondern, einem spontanen, tollkühnen Entschluß folgend, in diese eingedrungen, wobei sie ausgenutzt hatte, daß Kisten-Rudis Besucher seine Wohnungstür nur angelehnt hatte. Er sei wohl sehr betrunken gewesen. Als ihr dann bewußt geworden war, was sie getan hatte, war sie in heillose Panik verfallen.

»Ich stand in dieser Küche ... und dann muß ich es getan haben ... Aber, verstehst du, in dem Augenblick war ich nicht mehr ich selbst ... ich weiß nicht, was da über mich kam ... Es ist doch einfach ... Mord ...«

Mord? Paul dachte an die dunklen Flecken auf ihrem Rock. Sie hatte Kisten-Rudis Besucher umgebracht! Sie war wahnsinnig! Er saß mit einer Wahnsinnigen in der Küche und trank Rooibos-Tee! Diskret sah er sich um, ob vielleicht ein Messer in der Nähe lag, aber das mit Abstand Gefährlichste in ihrer Reichweite war der Tee.

»Es war so, daß ich einfach Hunger bekam. Ich hatte den ganzen Abend nichts gegessen, und mir war ganz schwindlig vor Aufregung ... sonst hätte ich das nie getan, das mußt du mir glauben! Ich meine, ich habe dann auch alles wieder ausgespuckt. Und dann war ich einfach nur müde und hab mich kurz auf die Couch gelegt, und dann bin ich wieder wachgeworden und in die Küche ... und da hab ich die Bescherung gesehen ... Es war schrecklich ... aber es war wirklich nur dieser plötzliche Hunger ...«

Hunger? Und das sagte sie so leichthin! Sie hatte einen Menschen umgebracht, weil sie Hunger hatte! Jetzt erinnerte sich Paul an den Gulasch-Geruch, der von Ulrike ausging. Er schwor sich, nie wieder Fleisch zu essen, wenn er das hier heil überstehen sollte. Er rückte ganz sachte ein Stück von Ulrike weg, näher zur Tür. Für den Moment schien sie ihm zu vertrauen – aber machte ihn ihr Geständnis nicht auch zum Mitwisser? Zu einem gefährlichen Mitwisser?

»Ulrike! Du mußt jetzt erst mal ganz ruhig bleiben! Hat dich eigentlich irgendwer gesehen?«

Vielleicht hatte ja schon jemand die Polizei alarmiert – hoffentlich!

»Ich weiß nicht. Ich glaube, er hat gemerkt, daß ich in der Wohnung war, und da bin ich über den Balkon ... und durch das Gebüsch ... Es war so ... schrecklich ...«

Paul erinnerte sich, einmal etwas über unterdrückte Triebstrukturen bei militanten Vegetariern gelesen zu haben, fand diese Erinnerung aber nicht sonderlich konstruktiv. Ein Nudelholz wäre jetzt entschieden hilfreicher gewesen.

»Ulrike. Wir müssen … Äh … *Wer* hat gemerkt, daß du da warst?«

Ulrike sah ihn böse an. »Hörst du mir eigentlich zu? Der Mann in der Wohnung! Der Bekannte von Rudi, der das Paket bekommen hat. Ich glaube, er heißt Victor. Er hat mich wohl gehört als ich … als ich in der Küche war.«

»Und wer war … wer war sonst noch in dieser Wohnung?«

»Niemand. Wer soll da sonst noch gewesen sein?«

Paul dachte nach. Hatte er etwas nicht mitbekommen?

»Äh. Du hast doch gerade gesagt, daß du … Du hast da gerade von Mord … gesprochen. Wen, ich meine, wer wurde …«

»Paul, Tiere schlachten *ist* Mord! Ich weiß, daß du das nicht verstehst, aber auch wer Tiere ißt, macht sich mitschuldig. Aber als ich diesen Topf mit … mit Gulasch in der Küche stehen sah … Ich weiß nicht, was da über mich gekommen ist …«

»Gulasch?«

»Gulasch. Ich bin ja so froh, daß es jetzt raus ist.«

Paul war so erleichtert, daß er einen großen Schluck Tee nahm, was er allerdings sofort bereute. Aber immer noch besser, mit einer rückfälligen Vegetarierin Rooibos-Tee zu trinken, als einer wahnsinnigen Kannibalin gegenüberzusitzen.

»Darf ich das mal zusammenfassen: Du bist bei einem Mann namens Victor eingebrochen, hast dort Gulasch gegessen, dich ein Weilchen gemütlich hingelegt, und als er dich entdeckt hat, bist du durch die Büsche abgehauen. Und das alles, weil du glaubst, daß irgendwer krumme Geschäfte macht?«

Ulrike sah in ihre Teetasse. »Nicht irgendwer«, sagte sie zögernd, »Rudi.«

Rudi. Nicht Kisten-Rudi, sondern einfach Rudi. Allmählich kam Paul ein Verdacht: Ulrike ging es viel weniger um die ökologisch-moralischen Aspekte dieser Angelegenheit, als vielmehr und ganz konkret um Kisten-Rudi – oder vielmehr *Rudi*.

»Und das ist alles?«

Ulrike sah ihn an und hatte wieder Tränen in den Augen.

»Nein. Das ist nicht alles. Rudi ist weg. Für immer. Und er hat alles mitgenommen.«

Sechs

Der Tag war an ihm vorbeigerumpelt wie ein nicht enden wollender Güterzug. Zunächst hatte Victor die Überreste des Gulaschs der Toilette anheimgegeben, dann den Biedermeierspiegel gereinigt, erfolgreich den Kopfschmerz bekämpft und sich anschließend in tiefen Gedanken vergraben. Darüber war es Abend geworden. Victor saß auf seinem Balkon und beobachtete die gegenüberliegende Trinkhalle. Alkoholisierte Männer genossen die kurze Zeitspanne, in der sie nicht mehr bei der Arbeit und noch nicht zu Hause sein mußten. Laute Diskussionen, Schulterklopfen, eine Runde *Zinn40* für alle. Ein Mann im farbverschmierten Overall lehnte in sich gekehrt am Zeitschriftenregal, unter dem Arm die braune Ledertasche mit der Thermoskanne, in der Hand eine Flasche Export, und im Mundwinkel hing die Zigarette. Den Duft der großen Freiheit ausatmend, starrte er versonnen ins Nichts. Auch Victor rauchte und genoß die geruhsame Feierabendstimmung der nimmermüden Großstadt. Zwischen wahllos auf dem Gehweg abgestellten Kühlschränken, ausgesetzten Couchgarnituren und anderem Gerümpel schlängelten sich Passanten hindurch. Die Sonne verschwand in irgendeinem Hinterhof, und mit der aufziehenden Dunkelheit reifte in Victor ein Gefühl der Entschlossenheit heran: Es wurde Zeit, zu handeln.

An die vergangene Nacht konnte er sich immer noch nicht in aller Deutlichkeit erinnern, und wenn er es genau bedachte, wollte er das auch gar nicht. Die Spuren des Gulaschmassakers in seiner Küche hatte er beseitigt, und es gelang ihm halbwegs, die beunruhigenden Gedanken an die Einbrecherin zu verdrängen.

Zurückgeblieben waren die Schnapsflasche und das geheimnisvolle Paket. Von beidem wollte er sich so schnell wie möglich trennen. Seine Strategie war simpel: Kisten-Rudi hatte ihm das Paket anvertraut und als Lohn die Flasche geschenkt. Wenn es ihm gelänge, Kisten-Rudi plausibel zu machen, daß er die Verantwortung für das Paket aufgrund seiner unsteten Lebensverhältnisse und seines unzuverlässigen Charakters unmöglich tragen konnte, wäre dieser zweifelsohne dazu verpflichtet, mit dem Paket auch die zum Dank überreichte Flasche zurückzunehmen. Bereits am heutigen späten Abend wollte Victor diesen Plan in die Tat umsetzen. Er schätzte Kisten-Rudi als einen Menschen ein, den man keinesfalls vor Mitternacht behelligen sollte, und wenn man mit einem geschäftlichen Anliegen an ihn herantreten wollte, schien die Zeit zwischen ein und zwei Uhr nachts am besten geeignet, um zu einem befriedigenden Abschluß zu gelangen. Die verbleibenden Stunden mußte er irgendwie überbrücken. Vielleicht doch mit einem Bier?

Sechseinhalb

Paul lag friedlich in seinem Bett. Eine kurze, wirre Traumphase war einem erquickenden Tiefschlaf gewichen, als das laute Ding-Dong der Türklingel ihn brüsk in die Realität zurückholte. Nicht schon wieder! Der Blick auf den Wecker war ernüchternd: halb zwei! Warum ich, warum ausgerechnet immer ich, dachte Paul und verkroch sich unter der Dekke. Er würde das Klingeln ignorieren. Er würde nicht öffnen. Jetzt klopfte es auch energisch. Dann eine Stimme: »Hallo, hallo! Ich bin's.«

Paul hatte diese Stimme schon einmal gehört, konnte sie jedoch keinem Gesicht zuordnen. Ulrike und Kisten-Rudi waren es jedenfalls nicht, außerdem hatten sie Schlüssel – und war Kisten-Rudi nicht eigentlich verschwunden?

»Hallo, es ist wichtig.«

Ein Mal noch, aber nur noch dieses eine Mal würde er öffnen. Danach, dazu war er felsenfest entschlossen, würde er sich eine Waffe besorgen und ohne Vorwarnung durch die Tür schießen.

»Hallo!«

»Ich komme!« Paul wollte wütend wirken, was ihm um diese Uhrzeit nicht recht gelingen wollte. Mit schlurfenden Schritten durchwatete er barfüßig Ulrikes Flokati im Flur und warf einen Blick durch den Spion. Ein fremdes Gesicht starrte ihn an. Mit einem resignierten Seufzen öffnete er die Wohnungstür.

»Sie wünschen?«

»Victor. Mein Name ist Victor. Ich muß dringend zu Rudi.«

»Victor?« War das nicht der Mann, in dessen Wohnung Ulrike eingebrochen war? Der Mann, dessentwegen er eine ganze Tasse Rooibos-Tee hatte hinunterwürgen müssen, aus Angst, Mitwisser einer grausamen Bluttat geworden zu sein?

»Ja, Victor.«

»Kisten-Rudi ist nicht da. Er ist verschwunden und kommt auch nicht wieder.« Erfreut, diese Auskunft geben zu können und mit der festen Absicht, keine Fortsetzung des Gesprächs zuzulassen, wollte Paul die Tür schließen. Doch Victor war bereits in den Flur geschlüpft, wo er sich seiner Jacke, zweier Plastiktüten und eines Paketes, das er unter dem Arm getragen hatte, entledigte.

»Du mußt Paul sein. Wohin ist Kisten-Rudi verschwunden? Ich muß ihn nämlich dringend sprechen.« Der Kerl war hartnäckig.

»Ich weiß es nicht, ich weiß überhaupt nichts. Es ist halb zwei Uhr nachts, und ich bin hundemüde. Es tut mir wirklich leid, aber ...«

»Vielleicht ist er ja doch da. In seinem Zimmer zum Beispiel. Ich schau mal kurz nach.«

Der Mann roch nach Bier. Mit schnellen Schritten steuerte er auf Kisten-Rudis Zimmer zu. Paul folgte ihm hastig. Ihm wurde klar, daß er dieses Zimmer seit Monaten nicht betreten, ja nicht einmal einen flüchtigen Blick riskiert hatte, aus Angst, von gigantischen Insekten attackiert zu werden. Er mußte diesen Spinner zurückhalten.

»Nein!« rief er. Schon wieder zu spät, Victor hatte die Tür bereits geöffnet. Staunend blickte Paul über dessen Schulter: Das Zimmer war leer. Nichts war mehr da, keine Kisten, keine Turnschuhe, keine Möbel. Nur eine Flasche mit grellgelber Flüssigkeit stand in der Mitte des Raumes. Unter ihr klemmte ein Zettel. Zögernd hob Victor ihn auf, warf einen kurzen Blick darauf und reichte ihn stirnrunzelnd an Paul weiter. Der Zettel enthielt eine letzte Botschaft von Kisten-Rudi, zwei mit krakeliger Handschrift notierte Wörter: »Nicht trinken!«

Sieben

Paul empfand die Warnung als vollkommen überflüssig. »Nicht trinken!« Selbstverständlich würde er diese grauenerregende Flüssigkeit nie wieder anrühren.

»Ich hab das Zeug einmal probiert«, erzählte er. »Kisten-Rudi schien es ja zu schmecken, aber ich habe eine ganze Tube Zahnpasta gebraucht, um den Geschmack wieder loszuwerden. Ich glaube, er hat damit auch seine Turnschuhe imprägniert. Macht wahrscheinlich das Leder geschmeidig.«

Victor nickte zustimmend. Sein Gesichtausdruck ließ darauf schließen, daß auch er bereits über einschlägige Erfahrungen mit Kisten-Rudis Schnaps verfügte. »Kein Mensch würde das Zeug freiwillig trinken«, meinte er. »Jedenfalls keiner, der es schon mal probiert hat.«

Paul dachte an seine Vermutung, daß Ulrike heimlich von Kisten-Rudis Schnaps trank, sagte aber nichts. Die beiden ließen ihre Blicke über die fleckigen Wände, die Flasche und Kisten-Rudis letzte Botschaft wandern: »Nicht trinken!«

»Andererseits«, fuhr Victor nach einer Weile fort, »andererseits ist Trinken an sich ja gar nichts Schlechtes. Ist gut für die Nieren. Wenn es nicht gerade dieses Zeug ist. Laß uns in die Küche gehen.«

Paul folgte ihm notgedrungen. Erst vorgestern hatte er beschlossen, sein Leben radikal zum Positiven zu ändern; seither war die Diskrepanz zwischen dem Vorsatz und der Wirklichkeit jeden Tag – und vor allem jede Nacht – immer gravierender geworden. Anstatt endlich einen Schlußstrich unter seine alten Lebensverhältnisse ziehen zu können, war er offensichtlich dazu verdammt, sich immer heilloser in sie zu verstricken. Jetzt mußte er sogar schon mitten in der Nacht wildfremde Menschen bewirten! Warum fragte ihn eigentlich niemand nach *seinen* Bedürfnissen? Alle schienen wie selbstverständlich davon auszugehen, daß er sich nichts Besseres vorstellen konnte, als zu jeder beliebigen Tages- oder Nachtzeit mit ihnen in der Küche herumzuhocken. Aber er würde sich rächen! Er würde seinem ungebetenen Gast den kalten Rest von Ulrikes Rooibos-Tee kredenzen. Das würde diesen so verschrecken, daß er nicht nur bald ginge, sondern auch nie mehr wiederkäme.

In der Küche mußte er jedoch sogleich feststellen, daß auch dieser Racheplan bereits vereitelt war: Schon hatte Victor mehrere Dosen Bier ausgepackt, die er offenbar in seinen Tüten mitgebracht hatte. Paul erwog kurz, aus purem Trotz den kalten Rooibos-Tee vorzuziehen, entschied sich dann aber doch für eines von Victors Bieren. Es war auch ohne Ulrikes Tee schon hart genug, sein Leben mit all diesen Menschen zu teilen. Und mit ein bißchen Glück kam Ulrike zurück, bevor dieser Victor gegangen war. Nach allem, was Ulrike ihm über ihr erstes Zusammentreffen mit Victor erzählt hatte, wollte er bei diesem Wiedersehen unbedingt dabeisein.

»Und du hast keine Ahnung, wo Kisten-Rudi hin ist?«

Nein, hatte Paul nicht. Bis vor ein paar Stunden wußte er ja noch nicht einmal, daß Kisten-Rudi überhaupt verschwunden war.

»Und was ist mit dieser Frau, die hier wohnt?«

»Ulrike?«

»Ja, genau. Gestern hat er noch von ihr erzählt. Daß sie sich ganz gut verstehen und so.«

Also doch. Rudi und Ulrike!

»Ulrike müßte bald nach Hause kommen. Dann können wir sie ja fragen, ob sie etwas über Rudi weiß.«

Paul war überzeugt, daß Victor beim Anblick von Ulrike ganz andere Fragen in den Sinn kämen, Fragen, die sich eher um Wohnungseinbrüche und Gulasch als Kisten-

Rudis Verbleib drehen würden. Der Abend versprach unterhaltsam zu werden.

»Warum mußt du eigentlich unbedingt Kisten-Rudi sehen?«

Victor deutete vage in Richtung Flur, wo das Paket lag. Gestern habe er Kisten-Rudi geholfen, eine »Lieferung« aus der Wohnung zu schaffen. Dann, nach dem Konsum des einen oder anderen Bieres hier in dieser Küche, habe Kisten-Rudi plötzlich sehr geheimnisvoll getan und sei für eine Weile in seinem Zimmer verschwunden, während Victor weiter dem Bier zugesprochen hatte. Als Kisten-Rudi nach einer Weile mit einem Paket zurückkehrte, sei Victor nicht mehr in der Lage gewesen, dessen Annahme zu verweigern, zumal er als Dreingabe noch eine Flasche des bekannten Schnapses erhalten habe. Erst heute sei ihm bewußt geworden, wie leichtsinnig es war, die Verantwortung für etwas zu übernehmen, das für Kisten-Rudi offenbar von so großer Bedeutung war. Verantwortung und Schnaps lasteten nun schwer auf ihm, und so sei er zu dem Entschluß gelangt, beides zurückzugeben. Ob Paul auch noch ein Bier wolle?

»Ja, gerne.« Das Biertrinken war ein Relikt seines alten Lebens, das er sich durchaus auch als Bestandteil seines neuen vorstellen konnte. »Danke.« Wo blieb nur Ulrike? Es war schon nach zwei. Nachdem beide eine Weile schweigend getrunken hatten, fragte Paul: »Was ist denn eigentlich drin in dem Paket?«

Das wußte Victor auch nicht. Es sei jedoch recht schwer, und Kisten-Rudi habe es sorgfältig verpackt. Außerdem stünde eine Adresse darauf, an die Victor es schicken solle, »wenn die Lage zu heiß wird«.

»Vielleicht sollten wir es einfach mal aufmachen und nachschauen, was drin ist«, schlug Paul vor.

Das Für und Wider dieses Vorschlags wurde während der nächsten zwei Biere intensiv diskutiert. Schließlich kamen Paul und Victor überein, das Öffnen des Paketes stelle einen unverzeihlichen Vertrauensbruch dar, weshalb es zunächst verschlossen bleiben sollte. Später, wenn sich keine andere Möglichkeit mehr böte, könnte man immer noch anders entscheiden.

»Und wenn wir es abschicken? Es steht doch eine Adresse drauf«, überlegte Paul weiter.

Beide erwogen für einen Augenblick diese Möglichkeit, wobei Paul feststellte, daß sein Bier schon wieder alle war.

»Hast du noch so ein Bier?«

»Klar.« Natürlich hatte Victor noch ein Bier. Er wurde Paul immer sympathischer. Zumindest verfügte er von allen, mit denen er in dieser Küche hatte zusammensitzen müssen, über die meisten und besten Getränke. Und er war immer bereit zu teilen. Ein wirklich guter Mensch.

»Aber wir können das Paket nicht abschicken«, gab Victor zu bedenken. »Das soll ich doch erst tun, wenn die Lage zu heiß wird, und ich weiß doch gar nicht, wann das ist und was das überhaupt heißt. Wir wissen ja überhaupt nicht, was Kisten-Rudi geplant hat, und wenn wir das Paket jetzt schon abschicken, durchkreuzen wir vielleicht seine Pläne und … Mann, ist das schwierig!«

»Vielleicht ist er aber auch davon ausgegangen, *daß* wir das Paket abschicken, denn er mußte ja davon ausgehen« – Paul nahm einen tiefen Schluck, um sich und seine Gedanken zu sammeln – »er mußte ja davon ausgehen, daß wir nicht wissen, daß er das alles geplant hat, daß wir also davon ausgehen, daß der Fall, den er vorausgesehen hat, eingetreten ist, und daß wir denken, daß er will, daß wir das Paket abschicken. Verstehst du?«

Victor versuchte, diese neuerliche Wendung zu bedenken. »Wir schauen jetzt einfach nach, was draufsteht«, schlug er der Einfachheit halber vor.

In diesem Augenblick wurde die Wohnungstür aufgeschlossen. Ulrike! dachte Paul. Und der Mann, dessen Gulasch sie geschändet hatte, saß in ihrer Küche!

»Das wird Ulrike sein. Ich … ich frag sie mal, ob sie etwas über Kisten-Rudi weiß.«

Ulrike stand im Flur und wickelte sich aus ihren Halstüchern. Paul schloß die Küchentür hinter sich und flüsterte: »Ulrike, Victor ist da! Der Mann von heute morgen. Versteck dich in deinem Zimmer, dann erzähle ich ihm, daß es dir nicht gutgeht. Er geht sicher auch gleich.« Noch während er sie so fürsorglich warnte, fragte er sich, warum er das eigentlich tat. Wahrscheinlich lag es am Bier. Bier macht sentimental.

Aber Ulrike dachte gar nicht daran, sich zu verstecken.

»Victor ist da? Das ist gut! Ich muß das jetzt klären.« Mit diesen Worten schob sie Paul energisch beiseite und öffnete die Küchentür. Paul folgte ihr zögernd. Was hatte diese Frau vor?

»Hallo Victor. Können wir reden?«

Victor nickte und nahm einen Schluck Bier. Er schien eher durstig als wütend.

»Was da heute morgen passiert ist, tut mir leid«, begann Ulrike. »Ich weiß selbst nicht, warum ich das gemacht habe. Ich … ich habe dich zusammen mit Rudi gesehen und … ich wollte wissen, was mit ihm los ist. Er war so seltsam in den letzten Tagen … und dann in deiner Küche … ich konnte dann auch nicht mehr mit dir reden … versteht du, das war einfach alles zuviel für mich und … Hast du den Spiegel wieder sauberbekommen?«

Victor stand auf und wandte sich dem Kühlschrank zu.

»Ist schon gut«, nuschelte er, während er weitere Bierdosen im Kühlschrank verstaute. »Es ist ja nichts passiert. Reden wir nicht mehr davon.«

Paul hielt sich am Türrahmen fest und sah zu, wie Ulrike den in den Kühlschrank vertieften Victor zu umarmen versuchte. Allmählich wurde ihm schwindlig. Das erwartete Spektakel war ausgeblieben. Aber von welchem Spiegel war hier die Rede? Er konnte sich des Eindrucks nicht erwehren, daß zwar alle ständig mit ihm reden wollten, aber keiner mit der ganzen Wahrheit herausrückte. Und jetzt versuchte Ulrike auch ihn mit ebenso überraschender wie unerwünschter Herzlichkeit zu umarmen.

»Ich bin so froh, daß es Menschen gibt ... Menschen, die für mich da sind, wenn ich Hilfe brauche. Und gerade von dir hätte ich das nie gedacht, Paul. Danke!« Ulrike setzte sich an den Küchentisch und sah Paul und Victor abwechselnd an. »Ich bin den ganzen Abend durch die Stadt gelaufen und habe Rudi gesucht. Aber niemand hat ihn gesehen, und niemand wollte mir etwas über ihn sagen. Deswegen bin ich auch so glücklich, daß ihr mir helfen wollt. Ihr helft mir doch, ihn zu finden? Möchte jemand eine Tasse Tee?«

Acht

Aus kleinen, runden Augen guckte der Hirscheber Victor an. Nachdem er ihn und die mitgebrachten Karotten mit leisem Schnauben begrüßt hatte, kugelte er sich in einer Ecke des Geheges ins Heu und blinzelte Victor zu, der auf der Bank saß und sich eine Zigarette drehte. Der Duft des Tabaks vermischte sich auf angenehme Weise mit den herben Ausdünstungen des Ebers. Victor war schon mittags, gleich nach dem Aufstehen, hierher gekommen, um nachzudenken und zu reden. Der Hirscheber war ein guter Gesprächspartner. Er hatte die angenehme Eigenschaft, einem nicht ins Wort zu fallen. Sein Blick war stets aufmerksam und interessiert. Victor begann zu erzählen.

Der gestrige Abend war nicht ganz planmäßig verlaufen. Kisten-Rudi war verschwunden, und folglich war es ihm nicht gelungen, das geheimnisvolle Paket zurückzugeben. Zumindest war er den Schnaps an Ulrike losgeworden, von der er zwar noch immer nicht genau wußte, warum sie sein Gulasch geschändet hatte, doch mit einer Umarmung, die er in seiner bierseligen Stimmung widerspruchslos hingenommen hatte, schien dieser Zwischenfall zumindest für Ulrike ausgeräumt zu sein und keiner weiteren Erklärungen mehr zu bedürfen. Es war ihm – das wollte er nicht unerwähnt lassen – zu guter Letzt gelungen, Ulrikes Rooibos-Tee auszuschlagen und statt dessen noch ein Bier mit Paul zu trinken. Nachdem sie Ulrikes Ersuchen um Beistand nicht ausgeschlagen hatten, sah diese in Victor und Paul nun heldenhafte Ritter in blankpolierten Rüstungen, die, den Anweisungen der Königin bereitwillig folgend, auf prachtvollen Schimmeln durch die bewaldeten Ausläufer ihrer Grafschaft ritten, um den verlorenen Prinzen ins Reich der Königin heimzuführen. Victor sah in Ulrike eine hoffnungslos Verwirrte, in dem Paket ein Problem, das er lösen mußte und in Paul einen überraschend vernünftigen Zeitgenossen, mit dem man prima Bier trinken konnte. Genau hier konnte er ansetzen. Er mußte noch einmal mit Paul reden. Vielleicht konnten sie das Problem der Rückführung des seltsamen Pakets ja doch gemeinsam lösen, und, wenn sie schon dabei waren, in diesem Zusammenhang das eine oder andere Kaltgetränk verköstigen.

Der Hirscheber nickte zustimmend. Victor rauchte noch eine Zigarette, warf eine letzte Karotte ins Gehege und verabschiedete sich mit neuer Zuversicht.

Zu Hause klingelte währenddessen Victors Telefon. Der Anrufbeantworter wurde jäh aus seinem Nachmittagsschlaf gerissen. Mißmutig spulte er sich in eine aufnahmefähige Position. Wieder einmal war er zu langsam. Die Anruferin fing lange vor dem Pfeifton an zu sprechen, und ihr beherzter Redeschwall brachte ihn an die Grenzen seiner Aufnahmefähigkeit. Lange konnte er das nicht mit anhören. Verdrossen schaltete er sich ab. Auch das ging an der Anruferin vorbei.

Als Victor den Anrufbeantworter am frühen Abend abhörte, wallte ein Gefühl von Panik in ihm auf. Seine Mutter! Obwohl das Gerät nur Auszüge eines vermutlich längeren Monologes mitgeschnitten hatte, war der Anlaß des Anrufes nur zu klar: Mütterlicher Besuch stand ins Haus. Gerade jetzt, wo er so viel Zeit hatte! Mit welchen Ausreden konnte er diesen Besuch abwimmeln, mit all den penetranten Erkundigungen nach Karriere, Auto und Schwiegertochter? Er mußte ihr Kommen unbedingt verhindern! Victor spielte denkbare Auswege durch: Sollte er auswandern, unbekannt verziehen, in geheimer Mission verreisen?

Von Fluchtgedanken getrieben, durchstreifte er seine Zweizimmer-Wohnung. Im Flur fiel sein Blick auf das verschnürte Paket. Das Paket, natürlich! Er mußte mit Paul reden.

Um halb neun klingelte es an seiner Tür.

»Hallo Victor, darf ich reinkommen?« Es war Paul. In einer Tragetasche der Firma *Schluckspecht* hatte er mehrere Biere mitgebracht.

»Natürlich. Gut, daß du da bist.« Victor hängte Pauls Jacke an die Garderobe, schob seinen Gast ins Wohnzimmer, legte Flaschenöffner und Aschenbecher bereit und setzte sich. Alles würde sich zum Guten wenden. Paul allerdings wirkte nervös, fahrig, gehetzt. Unruhig wanderte er im Wohnzimmer auf und ab. Nicht mal das frisch geöffnete Bier konnte ihn beruhigen.

»Sie ist wahnsinnig. Völlig durchgeknallt. Ich lebe mit einer Irren zusammen. In ihrer Manie, Kisten-Rudi zu finden, hat sie Plakate drucken lassen. Den ganzen Tag hängt sie am Telefon. Es ist nicht auszuhalten. Auch wir zwei sind schon verplant. Im Morgengrauen sollen wir die Plakate kleben und … Ha! Hast du das gehört?« Paul sah sich erschrocken um.

»Nein, ich habe nichts gehört. Beruhige dich, Paul. Es wird …«

»Psst. Da war es wieder.«

»Ich höre wirklich nichts.«

»Doch, ganz deutlich. Das ist sie! Sie sucht uns. Sie muß mir gefolgt sein. Schnell, mach das Licht aus!«

Victor hielt es für das beste, Pauls Anweisungen Folge zu leisten und löschte das Licht. Dann schlich er zur Wohnungstür und linste durch den Spion. Das Treppenhaus war stockdunkel.

»Da ist niemand, Paul. Du mußt dich geirrt haben.«

»Aber sie weiß, wo du wohnst.« Paul war nicht zu beruhigen, sogar sein Bier hatte er immer noch nicht angerührt. In seiner Not erinnerte sich Victor an den Beutel Gras, den ein Bekannter vor Monaten bei ihm vergessen hatte. Victor hatte es sorgsam in der oberen Schublade seiner kleinen Kommode verwahrt. Aus mehreren Zigarettenpapieren, etwas Tabak und den trockenen Graskrümeln bastelte er nun so etwas ähnliches wie einen Joint. Er gab sich Feuer, nahm einen tiefen Zug und gab das mangels Erfahrung reichlich krumm geratene Ding an Paul weiter, der sich, inzwischen ein wenig erschöpft, in einem Sessel niedergelassen hatte. Obwohl er eigentlich Nichtraucher war, nahm Paul die Tüte gedankenlos entgegen und inhalierte tief. Das schien ihm so gut zu tun, daß er nicht gewillt war, den Joint wieder herzugeben, weshalb sich Victor mit einer profanen Zigarette bescheiden mußte.

Nach einigen Minuten schweigsamen Rauchens begann Victor zu erzählen. Er berichtete Paul von seinen Problemen bei der Paketentsorgung, dem drohenden Besuch seiner Mutter, und davon, wie unzufrieden er generell mit seinem Leben war. Es wurde ein ausschweifender Vortrag. Victor redete lange auf Paul ein, ohne daß dieser seine Ausführungen mit Nachfragen oder Kommentaren unterbrach. Es war, als unterhielte er sich mit dem Hirscheber. Urplötzlich erwachte Paul aus seiner Lethargie: Mit einem Ruck setzte er sich auf, glotzte Victor aus glasigen, weit aufgerissenen Augen an und rief aufgeregt: »Ah, Victor, Victor, jetzt hab ich's!«

»Du hast was?«

»Victor, fühlst du nicht dieses Wehen aus Süden?«

»Paul?«

»Fühlst du nicht, wie der tiefblaue, glühende Äther auf und ab wogt, wie das Licht blitzt von dem goldenen, sonnigen Boden, von der heiligen Salzflut.« Paul hielt für einen Augenblick inne. Mit dramatischer Stimme fuhr er fort: »MARMORSÄULEN«, sprang aus seinem Sessel und erklomm den Couchtisch. Mit weit ausgestreckter Hand wies er pathetisch in Richtung Balkontür: »Da! Der große Pan schläft, und die ehernen Gestalten träumen im Schatten über den tiefrauschenden Wellen von dem alten Zauberer Vergil, von Tarantella und Tamburin und tiefen, tollen Nächten voll Masken, Fackeln und Gitarren. Ein Lazzaroni! Victor, ein Lazzaroni!«

»Ein was?« Victor hatte schon viele Leute kiffen gesehen, aber solch einen Stuß hatte noch niemand erzählt.

»Ein Lazzaroni, Victor. ITALIEN! Wir gehen nach Italien!«

»Wir gehen wohin?«

»Italien, Victor, nach Italien!«

»Paul? Paul, geht es dir gut?« Doch Paul hatte geendet. Bei seinen letzten Worten war er glücklich in sich zusammengesackt. Victor rüttelte noch ein wenig an ihm herum, doch Paul war bereits in einen komatösen Tiefschlaf gefallen. Victor beschloß, Drogen künftig von ihm fernzuhalten.

Italien. Was um Himmels willen sollten sie in Italien?

KOBLENZER ECK

Neun

Paul brauchte etwas, er brauchte es ganz dringend, aber er konnte sich nicht besinnen, was es war. Er befand sich in den siebziger Jahren, was er daran erkannte, daß alle Menschen häßliche Kleidung und merkwürdige Frisuren trugen. Diese ganze Retro-Mode war doch ein unglaublicher Mist, dachte er – Schlaghosen und Koteletten. Er mußte damals Hosen tragen, die ihm seine Großmutter aus einem Stoff genäht hatte, der bei der Anfertigung von Gardinen übriggeblieben war. Wahrscheinlich eine pflegeleichte Polyester-Nylon-Mischung. Das brauchte tatsächlich niemand, früher nicht und heute auch nicht. Heute brauchte Paul etwas ganz anderes. Wenn er nur wüßte, was.

Gebäck!

Er brauchte sofort Gebäck, und zwar ein krapfenartiges Gebäckstück, das mit Vanillepudding gefüllt und mit Puderzucker bestreut war. Unverzüglich machte er sich auf den Weg, um es zu kaufen, und glücklicherweise war die Straße voller Bäckereien. Eine Bäckerei neben der anderen. Gab es in den Siebzigern überhaupt so viele Bäckereien? Egal, Hauptsache, sie hatten das Gebäck, das er wollte: Puderzuckerkrapfen mit Vanillepudding. In der ersten Bäckerei wurde er ausgelacht, denn dort verkaufte man nur Apfelmus. Paul wollte aber kein Apfelmus, sondern Puderzuckerkrapfen mit Vanillepudding. Wichtig war der Vanillepudding. Aber alle Bäckereien hatten nur Apfelmus im Sortiment. Und überall wurde er ausgelacht. Die Menschen in der häßlichen Kleidung fingen an, ihn mit Apfelmus zu bewerfen. Er war anders als sie: Sie alle trugen häßliche Kleidung und ernährten sich von Apfelmus, er aber wollte ein Gebäck mit Vanillepudding. Irgend jemand löste einen Alarm aus, ein schrilles Klingeln, das noch mehr Leute auf die Straße rief, noch mehr Apfelmusmenschen. Paul versuchte wegzulaufen, kam aber nicht voran, da er knietief durch Apfelmus waten mußte. Er strauchelte und fiel und fiel ... und wachte verwirrt neben einem Sofa auf, das er noch nie gesehen hatte. Ein Telefon klingelte, das ihm gleichfalls unbekannt war. Wo auch immer er hier war, zu Hause war er nicht. Hatte man ihn entführt? Er hatte schon über die Nachwirkungen von Chloroform gelesen. In seinem Schädel schwappte eine zähflüssige Masse schmerzhaft hin und her. Er vermutete, daß es sich dabei um sein Hirn handelte. Seine Gedanken mußten es gerade wirklich schwerhaben, wenn sie in dieser Masse vorwärtskommen wollten. Aber warum sollten Gedanken vorwärtskommen? An einem Morgen wie diesem – jedenfalls hoffte er, daß es noch nicht Abend war, so daß er vielleicht noch etwas zu essen kaufen könnte und nicht dem unbefriedigenden Bewußtsein ausgesetzt war, den ganzen Tag verschlafen zu haben –, an einem Morgen wie diesem jedenfalls mußte niemand irgendwohin kommen. Am besten, man bewegte sich so wenig wie möglich.

Das Telefon klingelte noch immer. Weil ihm nichts Besseres einfiel, nahm er den Hörer ab.

»Ja?«

»Ich bin es, deine Mutter!«

Paul überlegte, woher seine Mutter wußte, daß er sich in dieser fremden Wohnung befand. Und warum rief sie ihn hier an?

»Endlich gehst du mal selbst ans Telefon! Ich habe dir ja auch schon auf deine Anrufmaschine gesprochen, aber du rufst ja nie zurück.«

Paul stellte erleichtert fest, daß von ihm momentan kein Gesprächsbeitrag erwartet wurde, denn seine Mutter redete ohne Punkt und Komma weiter, so wie er es gewohnt war. Er beschloß, ein Fenster zu öffnen. Was auch immer seine

Mutter von ihm wollte, Frischluftzufuhr war nie verkehrt. Während er am offenen Fenster stand und in den beruhigend gleichförmig rauschenden Regen starrte, der draußen niederging, erzählte seine Mutter ihm von den Sorgen, die sie quälten, seitdem sie mehrere erschreckende Berichte im Fernsehen gesehen hatte. Offenbar ging es dabei um die Gefährdung junger Menschen durch immer neue Drogen, zunehmende Kriminalität und die umfassenden negativen Folgen der Globalisierung. Ihre Ängste hatten sich natürlich sofort auf ihren Sohn fokussiert, und sie bedurfte der Beruhigung. Paul ließ sie reden und versuchte, seine Gedanken zu ordnen. Die Straße war menschenleer, nur in einem Hauseingang auf der anderen Straßenseite stand ein Mann in einer schwarzen Lederjacke. Wahrscheinlich wartete er darauf, daß es aufhörte zu regnen. Allmählich erinnerte sich Paul wieder an den vergangenen Abend: die panische Ulrike, seine Flucht zu Victor, das Gras ... und ein unerklärliches Verlangen nach Gebäck. Die Lederjacke auf der anderen Straßenseite schaute plötzlich in seine Richtung. Als ihre Blicke sich trafen, trat der Mann zunächst einen Schritt zurück in den Hauseingang, sah sich um und ging dann schnell und ohne auf den Regen zu achten die Straße hinunter. Die Lederjacke hatte nicht auf besseres Wetter gewartet: Sie hatte das Haus beobachtet.

»Victor! Victor! Bist du noch dran? Sag doch was!« tönte es aus dem Telefon.

»Wir werden beobachtet.«

»Wer wird beobachtet? Hörst du mir überhaupt zu?« Das war gar nicht seine Mutter.

»Entschuldigung. Ich glaube, Sie haben sich verwählt.«

Paul legte auf und schloß das Fenster. Irgend jemand beobachtete Victors Wohnung, aber wer? Die Polizei, die hinter dem geflüchteten Kisten-Rudi her war? Kisten-Rudi selbst, der sein Paket zurückhaben wollte? Kisten-Rudis Geschäftspartner – die Mafia, Russen, Italiener? Oder Chinesen? Finnen? Ulrike? Victors Mutter? Oder seine eigene? In seine Ratlosigkeit hinein klingelte erneut das Telefon. Wessen Mutter auch immer das sein mochte, er würde nicht rangehen.

Zehn

Paul mußte geholfen werden, und ihm, Victor, hatte nach berauschten Abenden immer ein Frühstück mit viel Kaffee und Puderzuckerkrapfen mit Vanillefüllung geholfen. Als Victor die Bäckerei verließ, hatte der Regen die Stärke einer Dusche erreicht. In diesem Schauer wäre die Papiertüte innerhalb von Sekunden völlig aufgeweicht, und Krapfen in Breiform wollte er Paul natürlich nicht anbieten. Er verstaute seine Beute so gut es ging unter seiner Jacke und hastete in gebeugter Haltung im Laufschritt durch den Monsun. An der nächsten Hausecke passierte es dann: Victor stieß mit jemandem zusammen. Ein dumpfer Schlag, ein platschendes Geräusch und Victor landete in einer knöcheltiefen Pfütze. So schnell er konnte rappelte er sich wieder auf, aber seine Hose hatte sich bereits voll Wasser gesogen, und die Krapfen hatten sich in eine amorphe Masse verwandelt.

Der Unbekannte, der ihn zu Fall gebracht hatte, trug eine Lederjacke und fluchte in einer Victor fremden Sprache. Eine eindrucksvolle Abfolge von Konsonanten prasselte auf Victor ein, der, noch immer am Rand der Pfütze stehend, ein klägliches Bild abgab. Der Unbekannte in der Lederjacke drückte seine Wut nun auch gestisch aus, bevor er mit schnellen Schritten um die nächste Straßenecke verschwand.

Victor hätte ihm gerne noch etwas hinterhergebrüllt, aber wie immer in solchen Situationen fiel ihm nichts Passendes ein. Also nahm er erneut den Weg Richtung Bäkkerei auf sich. Mit leeren Händen wollte er nicht zu Hause erscheinen, wie sollte er das Paul erklären? Ich war beim Bäcker, aber es hat nicht geklappt? Ich bin im Regen losgelaufen und hatte keine Plastiktüte mit? Das könnte ein Songtitel von Rolf Zuckowski sein: *Nimm bei Regen immer eine Plastiktüte mit.* Ein grausiger Gedanke. Wahrscheinlich gab es das Lied schon, und die nächste Generation war deshalb vor solchen Regen-Reinfällen gefeit, dafür allerdings mit Rolf-Zuckowski-Liedern aufgewachsen. An diesem Gedanken richtete sich Victor wieder ein bißchen auf. Trotzig überquerte er die Straße, allen Anweisungen der Verkehrshitparade widersprechend bei Rot, und betrat abermals die Bäckerei.

»Naß geworden?« fragte schnippisch die Verkäuferin.

»Nein, ich schwitze nur stark und leide unter chronischer Inkontinenz.« Nach Smalltalk war Victor nicht zumute.

Zu Hause angekommen, erwartete ihn Paul schon an der Wohnungstür.

»Wir werden beobachtet, Victor. Schnell, komm rein und schließ die Tür ab.«

Mit einer schnellen Bewegung packte er Victor am Revers und zerrte ihn in die Wohnung hinein, die sich während Victors Abwesenheit in eine dämmrige Höhle verwandelt hatte: Paul hatte sie nahezu vollständig verdunkelt, wobei er mangels Vorhängen auf Victors Bettwäsche und Klebeband zurückgegriffen hatte.

»Er ist allein, trägt eine Lederjacke und kann direkt in die Wohnung gucken!« Paul atmete flach und hektisch. »Bestimmt will er das Paket, oder uns, oder ...«

Nur mühsam konnte Victor sich aus Pauls Klammergriff lösen. Vorsichtig tastete er sich zum Wohnzimmerfenster vor, stieß dabei mit seinem Knie gegen den Couchtisch und fluchte leise. Paul schien der irrigen Meinung zu sein, daß man in völliger Finsternis der Gefahr entrinnen könne – worin auch immer sie bestand.

»Nein, tu das nicht!«

Doch es war bereits zu spät. Mit einem Ruck hatte Victor das Klebeband und zugleich einen nicht unerheblichen Teil der Wohnzimmertapete heruntergerissen. Eine schmale Schneise Tageslicht fiel in die Wohnung.

»Wenn er eine Lederjacke trägt, ist er schon weg. Ich bin ihm nämlich vorhin begegnet. Bist du dir sicher, daß er uns beobachtet hat? Ich kenne solche Tage, Paul. Da erscheint einem vieles anders, als es vielleicht in Wirklichkeit ist und ...«

»Absolut sicher. Hundertprozentig. Er hat genau hierher geschaut. Irrtum ausgeschlossen. Er ist hinter uns her.«

Nun wurde auch Victor ein wenig mulmig zumute. Mit einer solch aggressiven Gestalt wollte er sich nicht anlegen. In seiner Ratlosigkeit beschloß er, erst mal Kaffee zu kochen. Als er danach die mit Puderzucker bestreuten Krapfen mit Vanillefüllung aus der Tüte holte, schaute Paul ihn mit einem Gesichtsausdruck an, den sich Victor immer von einer Frau gewünscht hatte.

Kaffee und Gebäck schienen eine entspannende Wirkung auf Paul zu haben.

»Was war eigentlich gestern abend?« fragte Paul, nachdem er eine Weile in seinen Kaffee gestarrt hatte. »Ich habe nur eine ziemlich verschwommene Erinnerung. Habe ich viel ... geredet?«

»Mhm.« Victor hielt es für klüger, den Joint nicht zu erwähnen. »Du hast ziemlich viel geredet. Von Italien. Von tiefblauen Äthern und der heiligen Salzflut und Lazzaroni. Was ist eine Salzflut?«

»›Leonce und Lena‹. Ich habe Büchner zitiert?«

»Ich habe keine Ahnung, was es war«, meinte Victor, »aber du hast eher deklamiert als zitiert.«

»Wirklich Büchner? Nicht Schopenhauer? Nichts über endlose Not und Anstrengung, der wir ewig ...«

Mit einem heftigen Scheppern öffnete sich die noch immer halb ausgehängte Balkontür. Paul hatte die Klingel an der Wohnungstür abgeschaltet, doch Ulrike ließ sich dadurch von einem Besuch nicht abhalten. Von Dornen zerstochen hatte sie einfach den gleichen Weg gewählt, auf dem sie Victors Wohnung zuletzt verlassen hatte.

»Das kann doch wohl nicht wahr sein! Mir geht es schlecht, und ihr sitzt gemütlich zusammen und eßt Kuchen! Feine Freunde seid ihr!« Mit energischen Schritten durchquerte Ulrike ohne weitere Erklärungen schnurstracks das Zimmer und verschwand im Bad.

»Ich halte das nicht mehr aus! Erst dieser Kerl mit der Lederjacke und jetzt Ulrike! Hier sind wir nicht mehr sicher. Können wir nicht einfach ... Ich meine, was hält uns hier?« Paul flüsterte eindringlich und mit vanillepuddinggefülltem Mund auf Victor ein.

»Was heißt ›nicht sicher‹? Das ist immerhin meine Wohnung. Und wo sollten wir denn hin?«

»Irgendwohin, wo uns niemand kennt. Südamerika.«

Das Telefon unterbrach das konspirative Gespräch. Reflexartig nahm Victor den Hörer ab.

»Hallo? ... Mutter ...!« Herr im Himmel, seine Mutter konnte er jetzt am allerwenigsten gebrauchen. »Äh, schön, daß du mal wieder anrufst ...« Mit lautem Krachen öffnete sich die Badezimmertür, und die Katastrophe nahm ihren Lauf. Ulrike stand hysterisch aufwimmernd im Flur. Mit zitternden Händen umklammerte sie ein Plastikröhrchen, das sie paralysiert anstarrte.

»Blau!«

»Blau?« Victor und Paul sahen sie verständnislos an.

»Oh Gott! Schwanger! Paul, Victor, ich bin schwanger!« schrie sie so laut, daß man ihr von der Trinkhalle gegenüber gratulierte.

Kisten-Rudi hatte doch nicht alles mitgenommen – für Ulrike hatte er etwas zurückgelassen.

Elf

Es hatte aufgehört zu regnen, und ein letzter Sonnenstrahl erwärmte die nasse Straße vor der Trinkhalle *Koblenzer Eck*. Eigentlich wollte Paul den Schutz von Victors Wohnung so schnell nicht verlassen, aber Victor hatte ihm sehr einfühlsam klargemacht, daß es auch in seiner Wohnung nicht mehr sicher war, denn wenn schon Ulrike sich ungehindert Zutritt verschaffen konnte, war das für die unbekannte Lederjacke und seine eventuellen Kollegen vermutlich erst recht kein Problem. Außerdem sei man ja in der Öffentlichkeit viel schlechter zu belauschen und damit ungefährdeter als in einer Wohnung. Am Ende hatte Victor Paul mit dem Argument überzeugt, daß sein Bier alle sei, und ein Bier, da war sich Paul sicher, würde dazu beitragen, die gegenwärtige Situation zu verstehen. Nun ja, vielleicht nicht wirklich zu verstehen, aber das Bier würde ihm zumindest helfen, damit fertigzuwerden. Und wenn er noch ein zweites tränke, war er vielleicht sogar in der Lage, sie kurzzeitig zu vergessen. Und mit drei Bieren würde er vielleicht sogar schlafen können, obwohl er noch keine Ahnung hatte, wo, aber das wäre dann auch egal.

»Prost, Paul.«

»Prost, Victor.«

»Sehr zum Wohl, meine Herren.« Der einzige weitere Besucher der Trinkhalle war ein leicht vor sich hin schwankender, graugescheitelter alter Mann im beigefarbenen Cordanzug, der sich – wenn auch vergeblich – bemühte, würdevoll am Tresen zu lehnen. Paul beschloß, ihn zu ignorieren und sich Victor zu widmen.

»Schmerzt es noch sehr?«

Victor betastete die Stelle an seinem Kopf, an der Ulrike ihn mit dem Telefonhörer getroffen hatte. »Geht schon.

Wenn ich nicht draufdrücke, tut es kaum noch weh. Du hast völlig recht, diese Frau ist eine gemeingefährliche Irre.«

»Sie dachte, du würdest mit Rudi telefonieren, sonst wäre sie sicher nicht so rabiat geworden.«

»Rabiat? Sie hat mir den Telefonhörer über den Schädel gezogen.« Victor rieb sich die schmerzende Stelle. »Aber noch schlimmer ist ja, daß sie meiner Mutter erzählen mußte, daß sie schwanger ist und daß wir jetzt gemeinsam die Verantwortung übernehmen müßten. Wir! Was habe denn ich damit zu tun? Oder meine Mutter? Jetzt glaubt doch meine Mutter, daß ich ...«

»... daß du für Ulrikes Schwangerschaft verantwortlich bist. Und daß es bald einen kleinen Victor gibt.«

»Genau. Wenn Ulrike auch nur einen Augenblick zuhören würde, hätte sie gemerkt, daß sie nicht mit Rudi telefoniert. Und jetzt ist auch noch mein Telefon kaputt!«

»Tut mir leid. Eigentlich wollte ich es Ulrike nur wegnehmen. Zum Glück war die Balkontür offen, sonst wäre die Scheibe jetzt auch kaputt.«

»Meine Herren. Ich darf mich Ihnen vorstellen.« Der Graugescheitelte im Cordanzug hatte sich zu ihnen gesellt. Etwas zusammenhanglos fügte er hinzu: »Es ist nicht alles schlecht, was glänzt.« Dann verfiel er wieder in Apathie. Paul war nun doch etwas irritiert über die penetrante Gegenwart dieses labilen Herrn, aber Victor schien sich davon nicht stören zu lassen.

»Warum hast du eigentlich Ulrike erzählt, wir wüßten, wo Kisten-Rudi ist?«

Das war keine schlechte Frage, denn Paul hatte keine Ahnung, warum er Ulrike diesbezüglich doch recht schamlos angelogen hatte. In jenem Augenblick schien es ihm eine gute Idee zu sein – und tatsächlich war Ulrikes Verzweiflung sofort einer fast ebenso unerträglichen Euphorie gewichen.

»Ich wollte, daß sie sich beruhigt. Und außerdem schöpft sie jetzt keinen Verdacht, wenn wir die Stadt verlassen.«

»Der Wind, der Wind, das himmlische Kind«, mischte sich der greise Herr wieder ein und fügte mit erhobenem Finger bedeutungsschwer, aber weiterhin vollkommen sinnlos, hinzu: »Der Wind hat mir ein Lied erzählt.«

Victor war nur wenig überzeugt. »Aber wir haben doch keine Ahnung, wo Kisten-Rudi steckt. Was hast du ihr erzählt, wo wir ihn suchen wollen?«

»In Lazzarone.«

»Lazzarone? Warum ausgerechnet in Lazzarone?«

»Weil das auf dem Paket steht. Und da, wo das Paket hin soll, da ist natürlich auch Kisten-Rudi. Warum sollte er es sonst dahin schicken lassen?«

»Das steht auf dem Paket? Lazzarone?«

»Victor, ich habe keine Ahnung, was auf diesem Paket steht. Ich habe halt improvisiert, und Lazzarone war das erste, was mir eingefallen ist. Und jetzt frag bitte nicht, wie ich darauf gekommen bin. Das weiß ich nämlich auch nicht.«

»Und wo soll das sein?«

»Italien!« Der labile Senior hatte Paul die Antwort abgenommen. »Italien, meine Herren. Ah.« Er hielt einen Augenblick inne, um sich zu sammeln. »*Fiat. Capri-Fischer.* Sehr schön. Sehr schön. *Tarantula.* Und, natürlich, der *Heilige Stuhl.* Ich selbst ...«, ergänzte er, wobei er großzügig gestikulierte, »ich selbst war erst kürzlich dort. Um ... um mit meinem ... Korrespondenten ... zu konferieren. Geschäftlich natürlich. Rein geschäftlich, Sie verstehen.« Mit einem abschließenden »sehr schön, meine Herren« versank er wieder in seiner Lethargie. Er schien sogar ein bißchen zu schlafen.

»Italien?«

»Genau. Du hast es gehört. Italien.« Je länger er darüber nachdachte, desto begeisterter war Paul von der Italien-Idee.

»Aber was wollen wir in Italien? Rudi ist doch gar nicht dort.«

Victor war offensichtlich nur schwer zu überzeugen. Dabei lagen doch die Argumente auf der Hand: Italien würde alle ihre Probleme lösen.

»Italien, meine Herren.« Der schlummernde Gast war wieder erwacht und wandte sich nun mit neuer Energie an den Betreiber der Trinkhalle. »Herr Polovoc, machen Sie doch bitte drei *Ramazotti*. Für mich«, er ruderte einladend mit den Armen, »für mich und meine Gäste.«

»Das macht doch nichts. Überleg doch mal: Irgend jemand ist hinter uns her – oder hinter dem Paket. In Italien finden die uns ganz bestimmt nicht. – Was ist das?«

»Sehr zum Wohl, meine Herren. Natürlich auf meine Rechnung.«

»Danke.«

»Prost.«

»Prost.« Paul spürte etwas mit dem Geschmack und der Konsistenz von Altöl seine Kehle herabrinnen und spülte schnell mit dem letzten Schluck Bier nach. »Und denk mal an Ulrike: Wenn wir hierbleiben, haben wir keine ruhige Minute mehr.«

»Aber meine Mutter will doch kommen.«

»Eben.«

»Ich weiß nicht.«

»Der Glaube, meine Herren«, meldete sich wieder und mit überraschender Geistesschärfe ihr schwankender Gastgeber zu Wort, »der Glaube kommt später, die Hauptsache ist, eine Entscheidung zu treffen.«

Victor und Paul betrachteten den Greis mit neuem Interesse. Aber offenbar hatte der Kräuterschnaps seinen Geist nur kurzzeitig belebt, denn nun stand er wieder schwer atmend und sehr dämmrig an den Tresen gelehnt.

»Vielleicht hast du recht.«

»Sicher. Wollen wir noch ein Bier mitnehmen?«

Victor kaufte noch zwei Bier und einen *Ramazotti*, den er neben dem schlummernden Herrn plazierte.

Zwölf

Als Paul wenig später nach Hause ging, um seine Sachen zu packen und die notwendigen Reisevorbereitungen zu treffen, fühlte er ein heißes Glühen in seinem Schädel. Besorgt legte er die Hand an die Stirn. Fieber? Hatte er sich beim Saufen an der zugigen Trinkhalle verkühlt? Oder war es die heimtückische und immer tödlich verlaufende Infektion, vor der er sich schon sein ganzes Leben lang gefürchtet hatte? Schnell ging er im Geist die relevanten Abschnitte seines Gesundheitslexikons durch, die wichtigsten Passagen kannte er ohnehin auswendig. Routiniert unterzog er seine Zunge im Seitenspiegel eines Autos einer eingehenden Untersuchung. Doch er konnte keine weiteren Anzeichen einer schweren Krankheit diagnostizieren, nur dieses pochende Glühen im Schädel und einen übermäßig schnellen Puls. Er wußte zwar, daß es arglistige Krankheiten gibt, die keinerlei Symptome hervorrufen, bis es schließlich zu spät ist und man sich nur noch in sein unvermeidliches Schicksal fügen kann, aber zu seiner Überraschung war er überzeugt, vollkommen intakt zu sein. Die alte Frau, die gerade ihren Hund ausführte und mit großem Interesse beobachtet hatte, wie Paul im Außenspiegel eines fremden Autos seine Zunge inspizierte, war vermutlich anderer Ansicht, aber das spielte keine Rolle. Er war gesund, voller Energie, und schon morgen befände er sich auf dem Weg nach Italien. Und er konnte es – natürlich gemeinsam mit Victor – mit allen aufnehmen: mit Ulrike, mit Rudi, mit dem namenlosen Mann in der Lederjacke und auch mit jedem, der sonst noch in diese Angelegenheit verwickelt sein mochte.

Entgegen seiner Erwartung war Ulrike nicht zu Hause. Erleichtert atmete er auf, denn er wußte, daß Ulrikes Gegenwart einen Großteil seiner Energie mit vollkommener Selbstverständlichkeit aufsaugen würde.

Ein Zettel auf dem Küchentisch erklärte ihre Abwesenheit dahingehend, daß sie sich zur »Problematisierung« ihres Elends zu einer Freundin namens Angelika zurückgezogen habe, wo sie unter Mithilfe einer offenbar eigens zu diesem Zweck gebildeten »Arbeitsgruppe« ihr »Defizit an Geborgenheit und Menschsein ermessen und ausgleichen« wolle. Paul möge doch etwas Milch zu ihrem Kefirpilz geben, sofern dieser auszutrocknen drohe, das Geschirr abwaschen und sie über alle Begebenheiten umgehend unter der beigefügten Telefonnummer informieren.

Paul suchte vergeblich das Wort »bitte« und registrierte gleichgültig den implizierten Vorwurf, daß er und Victor offenbar weder in der Lage waren, Ulrikes Defizite zu ermessen noch gar auszugleichen. Er hatte allerdings auch nie diesen Anspruch erhoben. Dann warf er einen beiläufigen Blick auf das Geschirr und den Kefirpilz, der tatsächlich schon etwas schlapp in seiner Brühe hing, öffnete das mitgebrachte Bier und begann, einen Plan für den kommenden Tag zu entwerfen: Zweifellos – und dies stand ganz oben auf seiner Liste – mußte eine Auslandskrankenversicherung abgeschlossen werden. Oder am besten eine umfassende Versicherung, in die auch der Diebstahl seiner Habe und etwaige Haftpflichtzahlungen integriert waren. Kurz erwog er die Notwendigkeit von Impfungen, aber die würde man wohl bei Bedarf später nachholen können. Auf jeden Fall aber mußte er Sonnenschutz, einen Reiseführer, die Adressen von Botschaften und Konsulaten, Werkzeug, eine Reiseapotheke sowie Chlortabletten für die Aufbereitung von Trinkwasser besorgen. Und all das für zwanzig Euro.

Lange brütete er über der Verpflegungsfrage: Hartgekochte Eier und Frikadellen boten sich als traditioneller Reiseproviant an, bargen jedoch das Risiko der Infektion durch Salmonellen. Schokolade würde in der italienischen Sonne schmelzen. Immerhin war Mai. Und das Essen in Gasthäusern war sicher zu teuer. Sollte er vielleicht noch schnell ein Kompott kochen? Das wäre leicht und erfrischend. »Früher hätte man sich einfach unterwegs einen Hasen geschossen, oder vielleicht ein Reh, und es an Ort und Stelle über einem offenen Feuer gebraten«, teilte er dem Kefirpilz mit, der diese Information unbewegt entgegennahm. »Und wenn du Ulrike weitererzählst, daß ich das gesagt habe, begieße ich dich mit Rooibos-Tee.« Er beschloß, die Klärung der Nahrungsfrage auf den nächsten Tag zu verschieben.

Dreizehn

Als Victor den Heimweg von der Trinkhalle in Angriff nahm, waren seine Sinne benebelt, und sein Körper hörte nur widerstrebend auf die Befehle seines Gehirns. Er war betrunken, da gab es kein Vertun. Paul war in die andere Richtung gegangen, er wollte auf dem schnellsten Weg nach Hause. Eine lange Reise müsse gut vorbereitet sein, hatte er erklärt. Er habe noch vieles zu erledigen, und es sei aus unterschiedlichsten Gründen äußerst naiv, völlig unvorbereitet nach Italien aufzubrechen. Victor solle unterdessen seine Koffer packen, die Wohnung auflösen und »ihre Spuren verwischen«. Schon in vierundzwanzig Stunden könne man starten, ein Platz für die kommende Nacht werde sich finden. Paul war wie besessen von der Italien-Idee. Sie hatte die Lethargie, die er bislang in seinem von innen verriegelten Zimmer ausvegetiert hatte, in puren Aktionismus verwandelt.

Was aber sollte Victor in Italien? Wenn er es recht bedachte, war er mit seinen bisherigen Lebensverhältnissen doch nicht ganz unzufrieden gewesen. Er arbeitete, wenn ihm danach war, hatte eine karge, aber sichere Behausung, besuchte regelmäßig den Hirscheber im Zoo und trank abends ein Bier im *Dubrovnik*, manchmal zwei und, wenn es sich so ergab, auch noch ein drittes. All das war jetzt anders, aber war es Grund genug, Hals über Kopf nach Italien aufzubrechen? Und warum überhaupt Italien? Wenn er die Ereignisse der letzten Tage korrekt rekonstruierte, war das lediglich Pauls fixe Idee und hatte nichts mit dem Paket zu tun. Er mußte unbedingt nachschauen, was da nun wirklich draufstand.

Mit unkoordinierten Bewegungen machte er sich an der Wohnungstür zu schaffen und versuchte, Schlüssel und Schloß miteinander zu verkuppeln. Nach mehreren erfolglosen Versuchen gelang das Vorhaben, und ihm wurde Einlaß gewährt. Immer noch leicht schwankend betrat er die Wohnung, durchquerte den Flur, hängte seine Jacke an den Haken der Badezimmertür, steuerte zielstrebig auf die Couchgarnitur im Wohnzimmer zu und ließ sich darauf fallen – die Couch war naß und stank. Irgendwie säuerlich und scharf. Angewidert sprang er auf. Sein Sofa war vollgekotzt. Dann sah er den an die Lehne gehefteten Post-It-Zettel. Eine Kurznachricht, die ihn leider zu spät erreichte: »Tut mir leid, ich bin halt schwanger. Ulrike.«

Victor rieb sich die Bröckchen vom Hintern. Dann blickte er sich um und betrachtete das, was er eben noch in Gedanken als sicheres Zuhause empfunden hatte. Die Balkontür hing noch immer schief in der Verankerung, die Wohnzimmertapete in Bahnen von der Wand. Die Couchgarnitur verströmte durchdringenden Gestank, und das Telefon lag irgendwo in der Nähe der Trinkhalle im Rinnstein. Und plötzlich lichtete sich der Nebel, der seine Gedanken verschleiert hatte. Die Sonne kam hervor, die Luft wurde klarer, und eine frische Brise verscheuchte das Phlegma aus seinem Kopf. Die Vernunft nahm ihn bei der Hand und führte ihn auf einem kleinen Pfad der Glückseligkeit hinunter ans Meer, und für einen kurzen Augenblick konnte er die blühenden Felder seiner Zukunft erkennen. Paul hatte recht. Wo immer Lazzarone auch war, sie mußten dorthin. Sofort. Was auf dem Paket stand, war dabei vollkommen unwichtig.

Beflügelt, eine Entscheidung getroffen zu haben, machte sich Victor am nächsten Morgen ans Werk. Er mußte duschen, die vollgekotzte Couch zum Sperrmüll bringen, seinen Reisepaß suchen, einen Koffer packen und Wichtiges von Unwichtigem trennen, nicht nur in seinem Kopf.

Das kalte, klare Wasser der Dusche tat gut und befreite ihn von den Nachwirkungen des vorabendlichen Alkoholmißbrauchs. Dann machte sich Victor ans Packen. Binnen kurzem hatte er zwei große Haufen gebildet. Den wichtigeren von beiden verstaute er in zwei alten Reisekoffern seiner Eltern, den unwichtigeren würde er zurücklassen. Ein einfaches, zufriedenstellendes Verfahren.

Es dämmerte bereits, als Victor sich der von Ulrike befleckten Couch widmete. Er hatte beschlossen, das sperrige Ungetüm über den Balkon zu entsorgen, auf dem selben Weg, über den Ulrike für gewöhnlich in sein Leben zu treten pflegte. Auf die Überreste der Balkontür nahm er dabei ebenso wenig Rücksicht wie auf die Nachbarn – der Vorteil eines Abschieds auf unbestimmte Zeit. Einen Platz für die Couch zu finden, sollte ihm nicht schwerfallen, glich die Kölner Straße doch einem Friedhof für verlassene Haushaltsgeräte und Einrichtungsgegenstände. Endlich konnte auch er etwas zu der hier üblichen Straßenmöblierung beitragen. Victor kippte die Couch über die Brüstung und sprang hinterher. Mühsam zerrte er das Möbelstück aus dem Gestrüpp, wobei er dankbar die von Ulrike geschlagene Schneise nutzte. Niemand beachtete ihn, als, ja vielleicht: *weil* er sich endlich den Konventionen seines Viertel anpaßte. Die Couch war schwer, ihre messingbeschlagenen Holzfüße ratterten über das Verbundpflaster der Straße, als Victor sie hinter sich herschleifte. Eine Schar türkischer Kinder tanzte ausgelassen hinter ihm her. Neben der Trinkhalle gab Victor auf. An einer schmalen, noch von einem letzten Rest Sonne beschienenen Stelle des Gehwegs entledigte er sich seiner Last. Ein letztes Mal klopfte er auf die gepolsterte Breitcordlehne und machte sich fröhlich pfeifend auf den Weg nach Hause. Dort angekommen, sah er den Anrufbeantworter blinken.

Die Stimme klang erregt: »Victor, ich bin es, Paul. Wir müssen heute noch weg. Am besten sofort. Die Gelegenheit ist günstig. Ulrike ist nicht da. Ich habe ihr einen Brief hinterlassen. Außerdem hat mich der Typ mit der Lederjakke wieder verfolgt, zumindest bin ich mir sicher, ihn gesehen zu haben. Pack deine Sachen, und hol mich um neun am Kiosk ab, wir müssen schließlich noch Bier kaufen. Bis nachher!«

Ein Blick auf die Uhr zeigte Victor, daß er gerade noch zehn Minuten hatte. Wenn nicht jetzt, dann nie, sagte er sich und klemmte sich beide Koffer sowie das Paket von Kisten-Rudi unter die Arme. Pünktlich erreichte er den vereinbarten Treffpunkt. Auch Paul war schon da. Er verstaute gerade mehrere Flaschen Bier in einer Plastiktüte.

»Hallo Paul, ich bin fertig. Es kann losgehen. Lazzarone wartet auf uns.«

»Victor, schön dich zu sehen. Laß uns gleich einladen, bevor noch etwas dazwischenkommt.« Paul ergriff seinen großen Reisekoffer und blickte Victor fragend an. »Wo steht dein Auto?«

»Mein was?«

»Dein Auto, Victor.«

»Ich habe kein Auto, Paul.«

Victor ahnte eine Katastrophe.

»Ich auch nicht.«

Wie eine Seifenblase zerplatzte der Traum von der Flucht nach Italien. Victor und Paul hatten sich nichts vorzuwerfen. Sie hatten alles dafür getan, aufzubrechen und ein neues Leben in Angriff zu nehmen. Nur wie sie dorthin kommen sollten, hatten sie leider nicht besprochen. Eine kleine Nachlässigkeit mit großer Auswirkung. Schweigend tranken sie das von Paul erstandene Bier.

Lange sagten sie nichts, bis schließlich Herr Polovoc

das Schweigen durchbrach: »Hey, ich will zumachen. Ihr müßt jetzt gehen.«

Mit lautem Rasseln ließ er das Rollo herab, zog es kurz wieder hoch und ergriff abermals das Wort: »Und du«, er schaute Victor mit strenger Miene an, »nimm deine Couch wieder mit.«

Vierzehn

Paul konnte sich vage erinnern, daß er Ulrikes Nachricht achtlos in den Müll geworfen hatte. Irgendwo zwischen Kaffeefiltern, Kronkorken und ein paar schimmligen Essensresten mußte sich Angelikas Telefonnummer verbergen, unter der Ulrike zu erreichen war. Um keine Zeit zu verlieren und den Kontakt mit dem Abfall auf das absolut Unvermeidliche zu reduzieren, leerte er den Mülleimer (der überraschend viele Bierdosen enthielt) kurzerhand auf den Küchentisch. Einige schwarze Käfer suchten beleidigt das Weite. Der von Müll umzingelte Kefirpilz warf ihm einen vorwurfsvollen Blick zu.

»Wenn du Ulrike nichts erzählst, wird sie es nie erfahren«, meinte Paul, während er den Unrat durchwühlte. »Mein Gott, ich rede schon wieder mit dem Kefir!«

Paul verteilte den Müll gleichmäßig über den Küchentisch und fand schließlich Ulrikes Nachricht. Der Zettel war mittlerweile ziemlich durchgeweicht, aber die Telefonnummer war noch lesbar. Paul wählte, und nach langem Klingeln nahm endlich jemand den Hörer ab. Zuerst vernahm Paul nur eine Trommel, dann meldete sich eine Frauenstimme, die ihm ein leises, fast verschwörerisch klingendes »Ja?« zuflüsterte.

Unwillkürlich flüsterte auch Paul: »Hallo. Ich bin Paul. Ich muß unbedingt mit Ulrike sprechen. Es ist dringend.«

Die Stimme (vermutlich Angelika) teilte ihm, immer noch im Flüsterton, sehr ernst mit, Ulrike befände sich »gerade mitten in der Öffnung« und dürfe dabei auf keinen Fall gestört werden. Bevor Paul noch etwas erwidern konnte, legte sie auf.

Paul starrte verdrossen auf den Kefirpilz. Während er hier den Müll durchwühlte, stand Victor an der geschlossenen Trinkhalle und bewachte ihr Gepäck und eine vollgekotzte Couch. Aber er würde dort nicht ewig stehenbleiben – spätestens in einer Stunde würde ihn auch noch der letzte Rest Entschlossenheit verlassen haben, und dann ... nein, so weit mochte Paul gar nicht erst denken. Er mußte jetzt, sofort, auf der Stelle ein Auto auftreiben – und seine letzte Hoffnung hieß Ulrike. Ulrike, die zwar selbst kein Auto besaß, aber eine Reihe von Angelikas, Birgits und Carolas kannte, die ebenso unter Ulrikes Kommando standen wie er und Victor und daher keine andere Wahl haben würden, als ihr ein Auto zu leihen, wenn Ulrike dies verlangte. Der Kefirpilz schaute ihn aufmunternd an, als wolle er etwas sagen wie »Worauf wartest du noch? Du weißt, was du zu tun hast.« Paul beschloß, ihn Karl zu nennen, nach einem entfernten Großonkel, der seine Kommunikation gleichfalls im wesentlichen auf Blicke beschränkte und über eine ähnliche Physis verfügte. Karl hatte recht, es mußte etwas geschehen. Paul holte Milch aus dem Kühlschrank und begoß seinen stillen Ratgeber. Dann griff er entschlossen zum Telefon und wählte erneut Angelikas Nummer.

Eine Stunde später saß er am Steuer eines Kleinwagens und versuchte zu rekapitulieren, wie oft er in der vergangenen Stunde die Unwahrheit gesagt hatte. Wenn er weit zurückliegende sowie kleinere Neben- und dauerhafte Lebenslügen außer acht ließ, kam er auf vier Hauptlügen, für die er irgendwann würde büßen müssen:

Lüge 1: Er hatte Angelika – noch bevor diese etwas sagen konnte – angebrüllt, es gehe um Leben und Tod. Bisher kannte er diese Formulierung nur aus drittklassigen Filmen, aber sie hatte tatsächlich funktioniert: Das Trommeln hatte aufgehört, und Ulrike war ans Telefon gekommen.

Lüge 2: Er hatte – unter Verwendung früherer Lügen, denen zufolge Kisten-Rudi sich in Italien aufhalte – eine ebenso wüste wie diffuse Geschichte erfunden, in der die Mafia, Schmuggel und polizeiliche Ermittlungen wesentliche Rollen spielten. Nebenbei hatte er durchblicken lassen, Kisten-Rudi sei vermutlich entführt worden. Offenbar hatten Hormone und Trommeln Ulrike mehr als üblich verwirrt, denn sie hatte ihm diesen Unfug ohne Zögern abgekauft.

Lüge 3: Durchaus wahrheitsgemäß hatte er Ulrike erklärt, daß er dringend ein Auto brauche, um schnellstmöglich handeln zu können, sonst könne »alles passieren«. Gelogen hatte er allerdings hinsichtlich der Dauer, für die das Auto erforderlich sei: In wenigen Tagen sei alles erledigt, so oder so. Eine hitzige Diskussion am anderen Ende der Leitung hatte dann dazu geführt, daß Angelika ihm das Auto der Beratungsstelle zur Verfügung stellte. Das gehörte allem Anschein nach zwar nicht zu ihren Befugnissen, aber »Marguerite ist sowieso gerade zur Meditation auf Korfu« und käme erst in der kommenden Woche zurück.

Lüge 4: Er hatte behauptet, ein geübter Autofahrer zu sein, so daß dem Auto selbstverständlich keinerlei Gefahr drohe und es »ohne Probleme« bzw. »auf jeden Fall« ohne Beschädigung zurückgegeben werde.

Im Moment bereiteten ihm die ersten drei Lügen nur geringfügige Sorgen. Darum würde er sich später kümmern. Die vierte Lüge hing dagegen eng mit der anspruchsvollen Aufgabe zusammen, der er sich gerade widmete: Er versuchte sich daran zu erinnern, wie man ein Auto vorwärtsbewegt und – möglichst gleichzeitig – vermeidet, es abzuwürgen, mit weiteren Fahrzeugen, herumstehenden Häusern, Verkehrszeichen, Bäumen und ähnlichen Hindernissen zu kollidieren oder auf andere Weise Aufsehen zu erregen. Hinzu kam, daß die Frankfurter Verkehrsführung ihn vor völlig ungeahnte Herausforderungen stellte. Normalerweise war er Fußgänger; die für Autofahrer vorgesehenen Einschränkungen wie Einbahnstraßen, Vorfahrtsregelungen und Ampeln erschienen ihm wenig plausibel und waren Anlaß für zahlreiche peinliche Mißverständnisse.

Als er schwitzend und fluchend wieder an der heimischen Trinkhalle ankam, war es schon nach Mitternacht – er hatte doch mehr Zeit gebraucht als veranschlagt. Paul steuerte ruckelnd auf den Bordstein, würgte den Wagen ab und stieg aus. Eine trübe Straßenlaterne warf ihr spärliches Licht auf den Platz vor dem *Koblenzer Eck*. Und der war: vollkommen leer. Wo war Victor? Und wo war ihr Gepäck? Sogar Victors Couch war verschwunden. Paul war zu spät gekommen.

Fünfzehn

Victor betrachtete den breiten, warmen Strahl. Das gleichmäßige Plätschern und das damit einhergehende Gefühl der Erleichterung stimmten ihn zufrieden. Er hätte es keine Sekunde länger hinauszögern können, war sozusagen genau im richtigen Moment fertiggeworden, um sein Werk zu vollenden. Mit einigen letzten Schwüngen unterstrich er virtuos die auf den Asphalt gepißte Signatur seines Kunstwerks und sackte dann rücklings gegen einen Altpapiercontainer. Eigentlich müßte es ihm schlechtgehen. Immerhin war, allen Hoffnungen zuwider, gerade die Italienreise geplatzt. Trotzdem fühlte er sich überraschend ausgeglichen, ja fast euphorisch. Die Kunst hatte ihm den Glauben an sich selbst und die eigenen Fähigkeiten zurückgegeben. Sein kreatives Schaffen hatte ihm geholfen, sich mit dem, was und wo er war, abzufinden, sich auf die einfachen Dinge zurückzubesinnen und damit zufriedenzugeben, mit einer Mülltonne im Arm auf der Straße zu sitzen und debil zu grinsen. Über dem Messeturm ging der Mond auf.

Motorengeräusche rissen Victor aus seiner buddhistisch anmutenden Körperhaltung. Ein offenkundig von einem Betrunkenen gelenkter Pkw kam ruckelnd vor der Trinkhalle zum Stehen. Eine kreidebleiche Gestalt mit den Augen von Egon Krenz entkletterte dem Wagen und blickte sich suchend um.

»Victor, Victor!« hallte es durch die nächtlichen Straßen. Wer rief da seinen Namen? Er kannte diese Stimme. Das war ja Paul. Paul mit einem Auto. Italien rückte plötzlich wieder in greifbare Nähe. Pinienwälder, Olivenhaine, die Fünf mit Zwiebeln, all das konnte nun doch Realität werden, aber dazu mußte er aufstehen, sich bemerkbar machen, denn in diesem Durcheinander zwischen all dem Sperrmüll war er nicht so einfach zu entdecken. Victor versuchte zu rufen, laut »Paul« zu brüllen, doch nur ein heiseres Grunzen kam ihm über die Lippen. Ausgerechnet jetzt, im vielleicht wichtigsten Moment seines Lebens, verhinderte der Alkohol, der ihm so viele schöne Stunden beschert hatte, ans Ziel seiner Träume zu gelangen. Wie gelähmt saß er da, unfähig, sich zu rühren, auf sich aufmerksam zu machen – ein sabberndes Häufchen Elend, umgeben von Müll. Vergeblich wartete er auf ein letztes Aufbäumen seines Körpers. Statt dessen schlossen sich seine Augen, und hilflos mußte er miterleben, wie ihn das Vergessen übermannte. Ein lauter Rülpser war Victors letzter Versuch, ein Lebenszeichen von sich zu geben, bevor er schnarchend in einen unruhigen Schlaf fiel.

Paul war schon auf dem Rückweg zum Auto, als er Geräusche hörte. Hinter den Altpapiertonnen schien etwas leise zu grunzen.

»Victor?« Paul kämpfte sich mühsam durch den Unrat; wie in einem Katastrophengebiet arbeitete er sich akribisch zentimeterweise vor. Die rostigen Überreste eines Wäscheständers dienten ihm dabei als Räumgerät in diesem Chaos aus Zeugnissen der Wegwerfgesellschaft. Immer wieder hielt er inne und horchte, um auf menschliche Lebenszeichen zu lauschen und die Richtung neu bestimmen zu können. Stunden waren vergangen, seit er sich von Victor verabschiedet hatte, und der Himmel zeigte bereits einen ersten Schimmer bläulicher Färbung, als seine Bemühungen endlich von Erfolg gekrönt wurden.

»Auaaaa!!!« Ein schmerzerfüllter Schrei durchdrang das Morgengrauen. Der Wäscheständer hatte sich in etwas Weiches gebohrt.

»Victor, bist du das?« Paul wich sicherheitshalber einen halben Meter zurück und hob verteidigungsbereit den Wäschieständer. Er verharrte in geduckter Körperhaltung und rechnete mit allem.

»Paul.« Ein klagendes Krächzen kam aus dem Müll. Immerhin ein Krächzen. Victor hatte seine Stimme wiedergefunden.

»Paul. Hier bin ich. Hilf mir. Ich bin hier.« Dieser Paul war schon ein Teufelskerl. Wie hatte er ihn hier finden können? Er mußte Stunden gesucht haben! Victor atmete schwer und hielt sich die schmerzende Stelle oberhalb der Nieren, doch er war hocherfreut, seinem Retter die Hand reichen zu können.

»Danke, Paul. Du bis'n Freund. Was wür' ich mach'n ohne dich? Ohne dich wär ich hier nie rausekommn.«

»Und wie bist du hier reingekommen?«

Das wußte Victor auch nicht mehr so genau. »Du bis' nich' gekommen, und da hab ich das Bier getrunken. Alles.« Victor überlegte einen Augenblick. »Und dann hab ich ein Kunstwerk geschaffen. Ein Objekt! Dann ... dann weiß ich nix mehr so genau.«

»Du hast das ganze Reisebier getrunken? Alles?« Paul staunte nicht schlecht. Das ganze Reisebier war nicht gerade wenig gewesen. »Und was für ein Kunstwerk? Wovon redest du, Victor? Und was ist aus unserem Gepäck geworden? Wo ist deine Couch? Und wo ist das Paket?« Fragen über Fragen, und Paul wollte Antworten haben.

Victor reagierte mit einem ausgestreckten Arm und zwei Worten: »Da oben.«

Paul folgte der Richtung, in die Victors Arm wies: Auf dem Dach der Trinkhalle thronte Victors vollgekotzte Couch, daneben ein offener Kühlschrank, gefüllt mit dem Leergut ihres Reisebiers. Auf der Couch befand sich eine Skulptur aus alten Bügelbrettern und einer Stehlampe, eingehüllt in alte Vorhangstoffe und Tücher. Sie erinnerte entfernt an Christo – und an Ulrike. Mit ihren offensichtlich aus einem defekten Wäscheständer zurechtgebogenen Armen umschlang die Skulptur das ominöse Paket. Im Hintergrund der Szenerie stapelten sich Kisten und Schuhkartons.

»Scheiße, wie hast du das alles da hoch bekommen?«

»Gefällt es dir?«

Paul war verwirrt. War diese Frage ernstgemeint? »Nun ja, es sieht interessant aus, irgendwie beängstigend vielleicht, und es ist auf jeden Fall ein weiterer Grund, so schnell wie möglich aufzubrechen.«

»Es ist eine allo… alla… allegorische Darstellung … von uns …«

»Victor, die Trinkhalle macht bald auf, komm zu dir! Ich habe die ganze Nacht damit verbracht, ein Auto zu organisieren und dich zu suchen. Du kannst mir dein Kunstwerk nachher erklären, aber laß uns jetzt bitte das Gepäck holen und endlich losfahren.«

Paul verstaute Victor im Auto, dann machte er sich auf die Suche nach den Koffern. Er entdeckte sie in einem Gebüsch neben dem *Koblenzer Eck*, Victor hatte sie erfreulicherweise nicht in seine Installation integriert. Um Kisten-Rudis Paket zu bergen, mußte er allerdings auf das Dach der Trinkhalle klettern. Es war in einem beklagenswerten Zustand, zerdrückt und durchgeweicht. Und vor allem war die Tinte verlaufen und die Adresse nicht mehr zu lesen.

»Victor, wir haben ein Problem.«

»Wsn?«

»Die Adresse auf dem Paket … man kann sie nicht mehr lesen.«

»Isoch egal. Wirwissn doch, wohin.«

Nur wenige Minuten später sehnte sich Victor nach der Geborgenheit seines Sperrmüllhaufens zurück. Er wurde unsanft hin und her geschaukelt, und ihm war schlecht. Paul hatte sicher viele Stärken, Autofahren gehörte nicht dazu.

AUTOBAHN

Sechzehn

DON'T STOP ME NOW stand auf Kathrinas T-Shirt, und an diese Devise wollte sie sich halten, auch wenn sie zugeben mußte, daß angehalten zu werden gerade nicht ihr Problem war. Weiterkommen, das war das Problem.

Ihr Plan für diesen Tag hatte eigentlich vorgesehen, daß Christian sie irgendwann am Vormittag abholen sollte, um dann gemeinsam mit Heike, die sie bislang für ihre beste Freundin gehalten hatte, für ein paar Tage nach Mailand zu fahren. Dort beabsichtigte sie, hemmungslos zu shoppen, die Party-Szene aufzumischen, über die sie kürzlich einen animierenden Artikel gelesen hatte, und am Rande auch die eine oder andere neue Designer-Droge auszuprobieren, deren Wirkungen in dem selben Artikel angedeutet worden waren. Außerdem, und das nahm in ihrer Reisekonzeption einen prominenten Platz ein, war sie fest entschlossen, Christian derart in ihren Bann zu ziehen, daß hemmungsloser und zweifellos grandioser Sex die unvermeidliche Folge sein würde. Doch als Kathrina an diesem Morgen Christians Auto besteigen wollte, saß Heike bereits auf dem Beifahrersitz, und Kathrina mußte zur Kenntnis nehmen, daß Christian schon von ihrer besten Freundin in Beschlag genommen war – wie auch immer das kleine Miststück das angestellt hatte. Der grandiose Sex mit Christian war demzufolge in utopische Ferne gerückt, und Kathrina sah sich für die nächsten Tage genau in jener Lage, die sie eigentlich Heike zugedacht hatte: mit einer Flasche Rotwein allein im Hotelzimmer, während nebenan endlos und rhythmisch die Bettfedern quietschten. Und am nächsten Morgen, nein, an jedem Morgen würde Heike triumphierend grinsend zum Frühstück erscheinen und ebenso scheinheilig wie mitleidig fragen, wie denn Kathrinas

Abend gewesen sei. Um diese Demütigung nicht ertragen zu müssen, hatte sie sich nach wenigen Stunden Fahrt und einem inszenierten Streit, der genug Anlaß für einen würdevollen Rückzug bot, bereits an der nächstbesten Raststätte absetzen lassen. Nun mußte sie umdisponieren.

Zwei Fernfahrer hatten bereits angeboten, sie mitzunehmen, und beide Male hatte sie abgelehnt, weil sie die unangenehmen Ereignisse dieses Tages nicht um weitere unerfreuliche Erfahrungen ergänzen wollte. Gerade jetzt lag ihr nichts ferner als der Gedanke an anonymen Autobahn-Sex mit einem Lkw-Fahrer, auch wenn sie sich erinnerte, darüber einmal einen enthusiastischen Artikel gelesen zu haben. Dessen Autorin hatte sich wohl in einer wesentlich offeneren Grundstimmung befunden. Zur Aufheiterung versuchte Kathrina sich auf etwas zu konzentrieren, mit dem sie zufrieden sein konnte. Die jüngste Vergangenheit schied aus naheliegenden Gründen aus, ihre Gegenwart – im Nieselregen an einer von Gott und der Welt vergessenen Autobahnraststätte – desgleichen. An die nähere Zukunft mochte sie auch nicht denken, denn sie würde einigen Leuten erklären müssen, warum ihr Urlaub ein derart rasches Ende genommen hatte – und das möglichst, ohne ihre offensichtliche Niederlage einzugestehen. Nein, sie mußte sich auf etwas Erfreuliches, Schönes konzentrieren, wie zum Beispiel auf ihren Namen. Dieser enthielt, wie sie fand, genau die richtige Menge A's: Ein A mehr und sie hieße Katharina, was irgendwie streng, fast klösterlich klang. Schwester Maria Katharina vom Blutenden Herzen Christi. Ein A weniger und sie wäre Kathrin, und mit einem solchen Namen konnte man höchstens als Sachbearbeiterin bei einer Versicherung arbeiten, oder vielleicht noch als Friseuse. »Kathrin, machen Sie bitte die Fönwelle für Frau Mostrich.« Kathrina dagegen klang hip, Kathrina hatte Verve. Allein dieser Name würde ihr die Welten der Info- oder Entertainmentbranche öffnen. Ihre Zufriedenheit mit ihrem Namen wurde noch dadurch gekrönt, daß bereits ihre Eltern sie so genannt hatten und sie nicht gezwungen gewesen war, ihren Namen zu ändern, wie alle diese bedauernswerten Sabines und Gabis und Birgits, die sich irgendwann bei der ersten sich bietenden Gelegenheit in Desiree oder Ornella umbenennen mußten. Nur Heike hatte sich nie an ihrem banalen Namen gestört und trotzdem, wie Kathrina neidvoll eingestehen mußte, jeden Typen bekommen – jetzt sogar Christian …

Scheppernde Geräusche holten sie abrupt zurück in die trübe Gegenwart der feuchten Autobahnraststätte. Ein kleines lila Auto hatte beim Einparken einen Mülleimer umgerissen. Zwei Männer stiegen aus, schoben den umherliegenden Müll beiseite und breiteten eine Straßenkarte auf dem Autodach aus. Bot sich da eine Mitfahrgelegenheit? Oder würde sie morgen – oder auch erst Monate später – Schlagzeilen in der Boulevardpresse machen: »Grauenhafte Entdeckung. Leichenteile im Wald gefunden. Identifizierung nicht mehr möglich. Geschockte Experten stehen vor Rätsel.« Die Alternative bestand darin, so lange zu warten, bis eine Rentnerreisegruppe ihr eine sichere Mitfahrgelegenheit bieten würde. Das aber konnte noch Stunden dauern, und Kathrina war sich sicher, daß ihr Vorrat an positiven Gedanken in wenigen Minuten erschöpft sein würde.

»Victor, nach dieser Karte sollte hier eine Landstraße sein. Aber wenn ich mich nicht irre, stehen wir hier an einer Autobahnraststätte.«

»Hi, ich bin Kathrina.«

»Deswegen glaube ich ja auch, daß wir *hier* sind. Hier ist eine Autobahn, und da ist auch eine Raststätte eingezeichnet.«

»Aber wie sollen wir denn da hingekommen sein?«

»Woher soll ich denn das wissen? Du bist doch die ganze Zeit gefahren. Jedenfalls stehen wir hier an einer Autobahn, und so viele Autobahnen gibt es auf der Karte nicht. Also müssen wir *hier* sein.«

»Also, ob ihr beiden das glaubt oder nicht, wir sind genau *hier.*« Kathrina hatte sich ebenfalls über die Karte gebeugt.

»Wo?«

»Hier.«

»Aber da ist überhaupt gar keine Straße eingezeichnet!«

»Das liegt vielleicht daran, daß eure Karte Asbach uralt ist. Wo wollt ihr beiden denn hin?«

»Nach … Süden.«

»Nach Italien.«

Kathrina überlegte kurz. Die beiden sahen harmlos aus, und mit ihrer alten Straßenkarte wirkten sie vor allem hilflos. Vielleicht bot sich hier die Gelegenheit, doch noch nach Italien zu kommen, und das würde – egal, was sie dort tatsächlich erlebte – die Möglichkeit eröffnen, nach ihrer Rückkehr Geschichten zu erzählen, die Heike ganz schön blaß aussehen ließen.

»Da will ich auch hin. Das ist ja ein Zufall. Könnt ihr mich vielleicht ein Stück mitnehmen? Ich würde mich auch am Benzin beteiligen.«

»Ja, klar.«

»Nein! Tut uns leid, aber das geht nicht!«

»Paul, warum sollen wir sie nicht ein Stück mitnehmen?«

»Du hast wohl vergessen, warum wir nach … Süden fahren. Wir können nicht einfach jemanden mitnehmen.«

Noch bevor Kathrina etwas einwerfen konnte, zog der eine der beiden, der offensichtlich Paul hieß, den anderen ein Stück weg. Kathrina sah verwundert zu, wie die beiden flüsternd stritten. Manchmal schnappte sie ein paar Satzfetzen auf, wie »in Gefahr bringen« und »Benzingeld«. Vielleicht war es doch keine so brillante Idee gewesen, die beiden zu fragen. Endlich schienen sie zu einem Urteil gekommen zu sein.

»Tut uns wirklich leid, aber wir können dich nicht mitnehmen«, teilte ihr Paul mit, während der andere bedauernd die Hände hob. »Wenn du wüßtest, worum es hier geht, würdest du das verstehen.«

Die beiden kletterten wieder in ihr Auto und fuhren, über Bordstein und Müll rumpelnd, in Richtung Autobahn. Die Straßenkarte löste sich vom Autodach und flog davon. Als sie sich auf die Autobahn einfädelten, hörte Kathrina wütendes Gehupe. Der Regen wurde stärker, aber vielleicht war es trotzdem besser, auf die Seniorenreisegruppe zu warten.

Siebzehn

Die Jeans saß eng an seinem Arsch. Das Feinripp-Unterhemd spannte an seinem muskulösen Oberkörper. Die Sonne brannte heiß und erbarmungslos, die Luft flimmerte, nur das leise Klacken seiner Stiefelabsätze auf dem Asphalt war zu hören. Die unendliche Weite dieser Hölle aus Sand, die nicht enden wollende Landstraße in der Totalen. Dann ein Schwenk auf sein Gesicht: der Dreitagebart von Schweißperlen durchwoben, das Haar lässig nach hinten gekämmt, tiefbraune Haut, Augen, in denen man schwimmen wollte, der sinnliche Mund und zwischen den schmalen Lippen die glimmende Zigarette. Schnitt. Der angespannte Bizeps war tätowiert, der Metallkanister lässig geschultert. Im Hintergrund ein sieben Meter langes Cabrio mit einer aufreizenden Blondine auf dem Beifahrersitz. Ein weiterer kurzer Schwenk nach vorne und wie aus dem Nichts erscheint die ersehnte Oase in Form einer Tankstelle. Eine schlichte Bretterbude, zwei Zapfsäulen und ein Kühlschrank voll Bier – mitten in der Wüste.

So oder ähnlich hätte es sein können, wäre Victor der Hauptdarsteller in einer australischen Bierwerbung gewesen. War er aber nicht, wie er sich widerstrebend eingestehen mußte. Weder saß seine Jeans eng an seinem Arsch, noch hatte er einen muskulösen, geschweige denn einen tätowierten Oberkörper vorzuweisen. Auch die Vision der sengenden Sonne entsprach leider nicht der Wirklichkeit: Es regnete in Strömen, und Victor stapfte deprimiert den Standstreifen einer ihm unbekannten Autobahn entlang, und im Hintergrund waren nur Paul und das kleine lila Auto mit der unzuverlässigen Tankuhr und keinesfalls ein Cabrio mit aufreizender Blondine zu erkennen. Nach zwei Kilometern war im Hintergrund schließlich gar nichts mehr zu erkennen, außer Regen und tiefhängenden Wolken. Nicht einmal einen Benzinkanister hatte er. Die zwei leeren Plastikflaschen eines französischen Mineralwasserkonzerns waren zum lässigen Schultern völlig ungeeignet, und die nächste Tankstelle lag in so weiter Ferne, daß Victor jedes kalte Bier anstandslos gegen einen heißen Kamillentee eingetauscht hätte, zumindest theoretisch.

Sie waren kaum länger als fünf Minuten gefahren, seit sie die Raststätte verlassen hatten. Mit dem Auto war ihm die Strecke überaus kurz erschienen, zu Fuß, im Regen, war es weiter als in die Ewigkeit. Der Regen wurde immer dichter, und Victor sehnte sich mehr und mehr nach dem sonnigen Italien. Immerhin waren sie losgekommen und hatten ein Auto, auch wenn es momentan nicht fuhr und er in die entgegengesetzte Richtung lief.

Klatschnaß erreichte Victor schließlich die Raststätte. Er tankte für zwei Euro Benzin und für vier Euro Bier (Kamillentee konnte er hier nirgends entdecken), als ihn eine vertraute Stimme ansprach.

»Na, hat dich der verrückte Spinner rausgeschmissen? Wenn du jetzt auch trampen willst, vergiß nicht, daß ich vor dir da war!«

Die Anhalterin von vorhin. Sie war immer noch hier. Victor lächelte ihr zu und antwortete in ruhigem Ton. »Der verrückte Spinner heißt Paul und wollte nur dein Bestes. Wir sind in einer nicht ganz ungefährlichen Angelegenheit unterwegs. Deswegen war er dagegen, dich mitzunehmen. Er hat wirklich nichts gegen dich.«

»Und nur um mir das zu sagen, bist du den weiten Weg zur Raststätte zurückgelaufen?«

»Nein. Uns ist das Benzin ausgegangen. Die Tankuhr ist wohl kaputt.«

»Oh, ich wußte gar nicht, daß es Autos gibt, die mit Bier betrieben werden.«

Jetzt war Victor verlegen. War er verpflichtet, sich zu rechtfertigen und dieser Frau zu erklären, daß es hier keinen heißen Kamillentee gab, oder was? Er versuchte, das Gespräch durch möglichst einsilbige Antworten kurz zu halten.

»Bier ist für später. Benzin ist hier drin.«

»Wow, zwei Liter! Ich bin beeindruckt. Nach Italien braucht ihr vielleicht den einen oder anderen Tropfen mehr. Ihr hättet euch ein vollgetanktes Auto klauen sollen.«

Klauen? Victor war so perplex, daß ihm keine passende Erwiderung einfiel. Klauen. Sie hatte klauen gesagt!

»Ist alles okay mit dir? Keine Sorge, ich renne schon nicht gleich zu den Bullen. So, wie ihr fahrt, kommen die früh genug zu euch.«

Was wollte diese Frau von ihm? War das ein Test? Vielleicht war sie eine Art V-Frau, die sich als harmlose Anhalterin ausgab, um Autodieben Geständnisse auf Rastplätzen zu entlocken. Auch wenn diese Theorie grotesk war, fühlte sich Victor ertappt. Sie hatten das Auto zwar nicht geklaut, jedoch, wenn er Pauls Erläuterungen richtig verstanden hatte, unter nicht ganz wahrheitsgemäßen Angaben entliehen. Aber wie kam diese Person dazu, so etwas zu unterstellen!

»Hör zu, Katharina ...«

»A zuviel!«

»Was?«

»Ein A zu viel. Ich heiße Kathrina. Nicht Kathrin, nicht Katharina – Kathrina. Mit zwei A, nicht mehr und nicht weniger.«

»Das tut mir leid.« Das Gespräch begann anstrengend zu werden. Victor öffnete ein Bier und gab sich Feuer. »Ich bin übrigens Victor. Also, Kathrina: wie kommst du auf den Gedanken, daß wir das Auto geklaut haben?«

»Aber das ist doch völlig logisch. Ihr könnt es nicht fahren. Außerdem ist es ein lila Polo, kein Mann *kauft* einen lila Polo.«

»Wir könnten es geliehen haben!«

»Habt ihr aber nicht.«

Nun wurde Victor wirklich ungeduldig. »Woher, verdammt noch mal, willst du das wissen?«

»Das Auto gehört einer Frau, stimmt's?«

»Stimmt.«

»Und keine Frau leiht zwei Typen ein Auto, auf dessen Heckklappe steht: *TOWANGA – Feministische Therapie und Schamanismus*.«

Dem war nichts entgegenzusetzen. Victor hatte sich das Auto bislang nicht genau angesehen. Vielleicht hatten nicht alle Autos wegen Pauls unorthodoxem Fahrstil gehupt.

»Hör zu.« Kathrina ergriff erneut das Wort. »Mir ist es wirklich völlig egal, woher ihr die Kiste habt. Ich möchte nur so schnell wie möglich nach Italien, und da wollt ihr ja auch hin. Ich kann Auto fahren, und mit mir am Steuer seid ihr um einiges unauffälliger, falls ihr das sein wollt. Also, nehmt mich schon mit, ich zahle auch die erste Tankfüllung.«

Victor kapitulierte. Das war alles viel zu logisch, um widersprechen zu können. Er war allerdings gespannt, was Paul dazu sagen würde.

Achtzehn

»Paul! Paul, wach auf!«

»Kannst du mir verraten, warum dein Kumpel sich zum Schlafen im Auto einschließt? Was soll ihm denn hier passieren? Glaubt er, daß Hannibal Lector vorbeikommt?«

»Paul ist eben ...« Victor erinnerte sich an die zugeklebten Fenster in seiner Wohnung und an das traurige Schicksal seines Telefons, das Paul in Panik aus dem Fenster geworfen hatte. »Paul ist eben ... vorsichtig. Vorsichtig und sorgfältig.«

»Und im Moment schläft er ziemlich sorgfältig. Und ich bin mittlerweile ziemlich naß.« Dieser Umstand war Victor nicht entgangen. Vor allem nicht Kathrinas nasses T-Shirt.

»Paul, mach jetzt endlich das Auto auf!«

»Vielleicht schläft er ja gar nicht.«

»Was denn sonst?«

»Na ja, er sitzt doch jetzt sicher seit vier Stunden im Auto, und alle Fenster sind zu. Wenn man kleine Kinder und Hunde im Auto läßt, soll man die Fenster immer einen Spalt offen lassen. Vielleicht hat er ja auch den Motor laufen lassen, weil ihm kalt war, und dann sind giftige Auspuffgase durch ein Leck im Auspuff ins Auto ...«

»Katharina!«

»Kathrina. Zwei A. Drei sind ein A zuviel.«

»Okay. Kathrina: Halt bitte mal für einen Augenblick die Luft an!«

Victor hatte ein schlechtes Gewissen, aber ihm war wirklich nicht bewußt gewesen, daß sein Ausflug an die Tankstelle so lange gedauert hatte, und Paul hatte die ganze Zeit im Regen sitzen müssen, während er mit Kathrina – und auf ihre Kosten – ein Gulasch zu sich genommen hatte. Sicher kein besonders gutes, aber wenigstens war es warm.

Schweigend starrten beide eine Weile durch die nasse Scheibe auf den regungslosen Paul.

»Er atmet.«

»Sicher?«

»Ganz sicher.«

»Vielleicht ist er ja bewußtlos.«

»Ich glaube, er schläft ganz einfach nur.«

»Und was sind das für Federn auf dem Beifahrersitz?«

»Was denn für Federn?«

»Ziemlich große. Sehen aus wie von einem Raubvogel. Vielleicht hat ihn ein Adler angegriffen und ...«

»... und Paul hat ihn überwältigt, gerupft und ist dann vor Erschöpfung eingeschlafen?«

»Genau.«

»Und wo ist dann der gerupfte Vogel?«

Pauls ungeteilte Aufmerksamkeit galt unterdessen tatsächlich einem gerupften Vogel – allerdings keinem Adler, sondern einem großen, saftigen Grillhuhn, das sich jedoch mit äußerster Arglist immer wieder seinem Zugriff zu entziehen wußte. So sehr er sich auch anstrengte, immer, wenn er die Hand nach dem zum Greifen nahen Huhn ausstreckte, war es plötzlich wieder mehrere Meter entfernt. Dabei war es nicht nur ausgesprochen knusprig gebraten, sondern roch auch sehr verführerisch. Paul fand diesen Traum überaus anstrengend. Nachdem er drei Tage lang kaum geschlafen und sich statt dessen mit allerlei Sperrmüll, einem fremden Auto und aufwendigen Reisevorbereitungen herumgeschlagen hatte, sollte ihm eigentlich ein angenehmerer Traum vergönnt sein. Aber jetzt bekam er noch eine Chance, denn das renitente Brathuhn ließ ihn soeben wieder nah herankommen. Wenn er sich ganz vorsichtig anschleichen würde, könnte er es schaffen, aber dazu müßte er überaus behutsam sein und keine falsche Bewegung … Nach mehreren heftigen Explosionen löste sich das infame Geflügel endgültig in Luft auf, und Paul fand sich in einem Auto wieder. Es regnete in Strömen. Neben dem Auto – und daher ebenfalls im Regen – stand ein sehr nasser Victor und schlug mit einem dicken Ast auf das Auto ein. Paul kurbelte die Scheibe herunter.

»Verdammt. Jetzt habe ich das Huhn verpaßt.«

»Du hast was?«

»Das Huhn. Ich war gerade … ach, vergiß es.« Die kalte Luft ließ Paul wieder wach werden. »Ich habe herausgefunden, warum wir kein Benzin mehr haben.«

»Mit dem Huhn?«

»Ich habe die Betriebsanleitung des Autos gelesen.«

»Was hat das mit dem Huhn zu tun?«

»Was ich für die Tankuhr gehalten habe, war in Wirklichkeit die Temperaturanzeige. Deswegen hat das Benzin auch die ganze Zeit zugenommen.«

»Ich verstehe. Aber das Huhn …«

»Und dann muß ich wohl eingeschlafen sein.«

»Nachdem du das Huhn …«

»Wir dachten, du wärst tot.« Paul bemerkte erst jetzt, daß Victor nicht allein war. Die Frau von der Raststätte stand neben ihm und begann nun, ihren Teil zum Gespräch beizusteuern.

»Was macht *sie* hier?«

»Äh. Du erinnerst dich vielleicht an Katharina …«

»Kathrina.«

»Richtig. Kathrina. Sie … sie bezahlt uns die nächste Tankfüllung, wenn wir sie ein Stück mitnehmen … und sie kennt sich auch mit dem Auto aus … dann mußt du nicht … nicht die ganze Zeit fahren. Und zu dritt ist es eh viel lustiger.«

Paul war vollkommen unklar, warum es zu dritt lustiger sein sollte, aber das war sowieso egal, denn natürlich war es ausgeschlossen, daß sie diese Frau mitnehmen würden. Schließlich hatten sie eine Mission zu erfüllen. Er hätte jetzt zwar nicht genau sagen können, worin diese Mission bestand, aber auf keinen Fall waren sie zum Spaß hier.

»Paul, könntest du jetzt vielleicht die Tür aufmachen? Victor und ich sind ziemlich naß. Und wenn ich fahre, kannst du auf dem Rücksitz ein bißchen weiterschlafen.«

»Ja. Klar. Entschuldige. Ihr beide müßt ja fürchterlich naß sein.« Das war nicht das, was Paul eigentlich hatte sagen wollen. Aber es war viel einfacher, als zu verlangen, daß sie doch bitte die paar Kilometer durch den Regen zur Raststätte zurücklaufen solle, weil er sie nicht dabei haben wollte. Also kletterte er auf den Rücksitz und überließ Kathrina das Lenkrad. »Übrigens, das vorhin war nicht persönlich gemeint ...«, hörte er sich sagen, »... aber wir ... also wir sind nicht auf dem Weg in den Urlaub oder so ...«

»Ich weiß. Victor hat mir alles erzählt. Bis auf den Teil mit den Federn.«

»Die Federn? Die hab ich im Handschuhfach gefunden, als ich die Betriebsanleitung gesucht habe. Das müssen irgendwelche Menstruationsfedern sein.« Dann stutzte Paul. »Victor hat dir was ...?«

»Bleib ganz ruhig. Ich hab sowieso alles erraten. Aber was bitte sind Menstruationsfedern?«

Neunzehn

»*Und der Mensch bleibt Mensch, weil er vergißt, weil er verdrängt …*«, sang Kathrina aus vollem Halse mit. »*Es ist Sonnenzeit, ungetrübt und leicht …*« Sie hatte neben Scheibenwischanlage, Heizung und Lüftung fatalerweise auch das Autoradio entdeckt. Zum dritten Mal in einer Stunde Grönemeyer, so stakkatohaft stotternd wie der Motor des altersschwachen Autos. Das Fahren schien ihr Freude zu bereiten, das Mitsingen leider auch. Mit routinierten Griffen handhabte sie alle ihr zur Verfügung stehenden Schalter, Knöpfe und Regler, wechselte im Vergleich zu Paul ausgesprochen gern und häufig die Fahrspur und rauchte währenddessen unentwegt dünne Filterzigaretten. Mit der rechten Hand drückte sie, wenn diese grade mal nicht zur Bedienung der Armaturen benötigt wurde, unablässig auf die Tasten ihres Handys ein, was ihr noch größere Genugtuung zu verschaffen schien als das Ausbremsen zu dicht auffahrender Sportwagen. In kritischen Situationen, die ihren ganzen Körpereinsatz erforderten, warf sie das Handy in Victors Schoß, der es verdutzt auffing, um es schnellstmöglich wieder zurückreichen zu können. All das ging so schnell, daß er den Sinn der eingetippten Botschaft nicht entziffern konnte. Die einzigen Wörter, die Victor auf dem mikroskopisch kleinen Display mit Sicherheit gelesen zu haben glaubte, waren »Geschlechtskrankheit« und »Christian«, und da wollte er nun lieber nicht direkt nachfragen.

Von der Musik abgesehen, war es eine ruhige Fahrt. Kathrina sang und lenkte, Victor betrachtete die an ihm vorbeiziehende Agrarlandschaft, und Paul saß, in tiefe Gedanken versunken, auf der Rückbank, das Paket in seinen Armen.

»Wir müssen sofort anhalten!« rief er plötzlich.

»Wir müssen was?« Victor und Kathrina reagierten synchron.

»Sofort anhalten. Ich ... ich äh, ich habe Hunger.«

»Du kannst ein Käsebaguette aus meiner Handtasche haben«, bot Kathrina an.

»Dann muß ich aufs Klo. Ganz dringend. Und Victor muß bestimmt auch. Außerdem muß der Aschenbecher ausgeleert werden. Das ist schließlich nicht unser Auto.« Pauls Entschlossenheit nahm mit jedem weiteren Argument zu.

»Soll ich sofort bremsen, oder kann sich der Herr noch bis zum nächsten Parkplatz gedulden?« fragte Kathrina und schaltete vom vierten in den zweiten Gang. Ein ohrenbetäubendes Dröhnen war die Folge, der Motorblock erzitterte, und selbst Grönemeyer gab kurzfristig Ruhe. Für einen Moment schien das kleine Auto bei diesem Manöver endgültig zu kapitulieren. Es hustete und spuckte, als hätte es einen Asthma-Anfall, ruckelte heftig und verlor jeglichen Takt. Da ihm nach einem kurzen Augenblick des Zögerns nichts Besseres einfallen wollte, fuhr es schließlich weiter.

»Ich denke, wir können bis zum nächsten Parkplatz warten«, sagte Victor, der als erster seine Fassung wiederfand.

»Gut«, sagte Kathrina. »Dann beredet, was immer ihr zu bereden habt. Ich muß eh mal telefonieren. Am nächsten Parkplatz halten wir an, und ich hoffe, daß ihr zu einem Ergebnis gelangt, sonst kommen wir nämlich nie nach Italien, und da wollen die Herren doch hin.«

Die nächsten zwanzig Minuten Fahrt vergingen schweigend. Das kleine lila Auto nutzte die Zeit, um sich vom Schreck seines Lebens zu erholen.

»Was hast du dieser Frau alles erzählt?« Paul fragte energisch und laut. Die Herrentoilette, in der er mit Victor stand, bot ausreichende Deckung für ein klärendes Gespräch. Zur

Sicherheit kontrollierte er die Lage durch ein halb geöffnetes Fenster. »Und mit wem telefoniert die Dame jetzt wohl?«

»Ich habe keine Ahnung, mit wem sie da telefoniert. Sie weiß praktisch gar nichts, zumindest nicht von mir«, sagte Victor.

»Und worüber habt ihr dann an der Raststätte geredet? Und auf dem Weg zum Auto?«

»Beruhige dich, Paul. Ich habe ihr wirklich nichts erzählt. Wir haben Gulasch gegessen und …«

»Ihr habt was?« Empörung stand Paul ins Gesicht geschrieben.

»Gulasch gegessen. Ist das denn so schlimm? Sie hat mich eingeladen, da konnte ich wohl schlecht ablehnen. Schließlich hat sie ja auch unsere Tankfüllung bezahlt. Paul, glaub mir, Kathrina ist schon in Ordnung. Sie will einfach nur auf dem schnellsten Weg nach Italien, und das wollen wir doch auch.«

»Während ich das Auto umsorge, ißt der Herr Gulasch!«

»Paul, als wir gekommen sind, hast du geschlafen und von Hühnern gesprochen.«

»Das ist richtig«, gestand Paul, »aber vorher habe ich das Auto umsorgt. Davon abgesehen würde ich trotzdem gerne wissen, was du ihr beim Gulasch alles erzählt hast. Wir sind schließlich nicht auf einer Urlaubsreise, falls du das vergessen hast.«

»Ich habe ihr wirklich nichts erzählt«, beschwichtigte Victor.

»Da scheint Kathrina anderer Meinung zu sein. Sie hat doch vorhin selbst gesagt, daß du ihr alles erzählt hast.«

»Und hinzugefügt, daß sie praktisch selbst alles erraten hat. Ich habe einfach immer nur ja gesagt und mein Gulasch gegessen. Ich weiß selbst nicht mehr, welche Geschichte sie sich da zusammengereimt hat, aber mit der Realität hat sie wenig zu tun. Glaub mir, Paul, sie ist völlig ahnungslos.«

»Dann weiß sie nichts von dem Paket?« fragte Paul.

»Nichts, aber wenn du es weiterhin mit dir herumträgst wie ein neugeborenes Kind, wird sie zwangsläufig irgendwann draufkommen.«

»Auf was wird sie kommen?« fragte Paul und umklammerte das Paket noch fester.

»Na, daß es … daß es wichtig ist, zumindest für uns«, antwortete Victor, ohne zu wissen, was er damit eigentlich sagen wollte. »Paul, laß uns jetzt einfach zum Auto gehen, freundlich lächeln und die Fahrt fortsetzen. Kathrina ist eine gute Fahrerin. Wenn sie fährt, kommen wir vielleicht an, und los werden wir sie bestimmt schneller als uns lieb ist.«

»Als dir lieb ist, meinst du wohl.«

»Paul, laß uns gehen.«

»Wer weiß, vielleicht hast du recht.«

»Bestimmt, du wirst schon sehen.«

»Gut, mit dir zusammen fühle ich mich gleich besser.«

Zwanzig

»Sie! Kostet fumfzig Cent. Jedem!«

Paul und Victor starrten verständnislos auf das strenge Weib im großgeblümten Kittel, das ihnen den Weg aus der Herrentoilette verstellte. Mit einem Schnauben wies sie auf ein geldgefülltes Tellerchen, das nebst einer Thermoskanne und einer Flasche *Mariacron* auf dem Tischchen am Ausgang des Sanitärbereiches plaziert war, und gab so zu verstehen, daß sie für die Benutzung ihres Herrschaftsbereiches ein Entgelt erwartete. Victor wollte schon sein Portemonnaie zücken, aber Paul war nicht bereit, für ein Bedürfnis zu bezahlen, das er bisher stets gratis befriedigt hatte, zumal es sich in diesem Fall sogar um einen rein verbalen Vorgang handelte. Außerdem hatte er es satt, sich von allen und jeder herumkommandieren zu lassen.

»Bitte wie? Habe ich Sie gerade richtig verstanden? Sie meinen, wir sollten etwas dafür bezahlen, daß wir diese Toilette benutzt haben? Wissen Sie überhaupt, daß man niemandem das Verrichten der Notdurft verweigern darf?« Paul erinnerte sich vage, etwas Derartiges gelesen zu haben. »Das gehört zu den Grundrechten. Zu meinen Grundrechten. Und zu seinen auch. Selbst wenn ich bei Ihnen zu Hause vor der Tür stehe, dürfen Sie mir das nicht verweigern. Dieses Recht haben alle Menschen. *Not*durft! Und außerdem: Wir haben nur geredet. Geredet! Verstehen Sie? Und dafür wollen Sie Geld? *Mein* Geld? Victor, halt doch mal das Paket. Soll ich Ihnen zeigen, wieviel Geld ich besitze?«

Paul zog sein Portemonnaie heraus und ging damit auf die Herrin der Pissoirs zu. Diese war bereits zurückgewichen und hatte sich – überzeugt davon, es mit einem gemeingefährlichen Verrückten zu tun zu haben – hinter ihrem Tischchen verschanzt.

»Geh, wo du kommst!« Von jeder Grammatik verlassen, hob sie drohend die Flasche *Mariacron.*

»Äh … Paul, vielleicht sollten wir besser gehen.«

»Nein. Ich will das jetzt klären. Sehen Sie …«

»Paul! Wir müssen jetzt gehen. Ich glaube, du hast bereits genug erklärt. Wir wollen … wir wollen doch kein Aufsehen erregen.« Energisch drückte Victor Paul das Paket wieder in die Hand und schob ihn nach draußen. An der Tür wandte er sich noch einmal um. »Sie müssen entschuldigen, er … das sind die Dämpfe, die Putzmitteldämpfe, darauf reagiert er … allergisch. An der frischen Luft wird er sich wieder beruhigen … Aber wir haben wirklich nur geredet.«

Auch auf dem Weg zum Auto war Paul weit davon entfernt, sich zu beruhigen.

»Victor, wir hätten das klären müssen. Das war eine Unverschämtheit von dieser Frau. Ich bezahle doch nicht dafür, daß ich mich auf einer Toilette unterhalte. Das kann man doch nicht einfach auf sich sitzen lassen. Apropos sitzen lassen: Wo ist denn unsere spendable Anhalterin?«

»Wahrscheinlich sitzt sie im Auto.«

»Vielleicht hat sie ja auch jemand anderen gefunden, der sie mitnimmt.«

»Freu dich nicht zu früh. Sie sitzt tatsächlich im Auto.« Irrte sich Paul, oder war in Victors Stimme eine gewisse Erleichterung zu hören?

Zu Pauls Enttäuschung fanden sie Kathrina tatsächlich im Auto, telefonierend und eingesponnen in einen Kokon aus Straßenkarten.

»Tja, Heike, das tut mir ja nun sehr leid, dich enttäuschen zu müssen, aber als deine Freundin kann ich dir das nicht verheimlichen: Mir hat er einen Tag vorher das gleiche erzählt … Mhm. Mhm. Oh! Also, ich wußte ja gleich, was ich davon zu halten habe. Ich weiß ja nicht, ob Martina dir auch erzählt hat, was ihr passiert … So, hat sie nicht … Hey, da seid ihr ja wieder! … Heike, ich muß jetzt Schluß machen. Ich ruf dich wieder an … Ja, das ist wirklich schade für dich … Auf jeden Fall. Aber du solltest so schnell wie möglich zum Arzt gehen. … Ja … ja … ja, dir auch viel Spaß. Tschüssi!« Kathrina drückte noch ein bißchen auf den Tasten ihres Handys herum, murmelte etwas, das sich für Paul wie »trockene Kleisterfotze« anhörte und wandte sich dann wieder ihm und Victor zu.

»Und? Habt ihr seine Probleme gelöst? Super. Ich habe nämlich in der Zwischenzeit auch ein paar eurer Probleme gelöst. Ich weiß ja echt nicht, was ihr ohne mich machen würdet. Ihr wollt doch durch die Schweiz fahren.« Victor und Paul, die sich über diese Frage noch keine Gedanken gemacht hatten, nickten zustimmend. »Österreich wäre natürlich einfacher gewesen«, tadelte sie. »So, wie ich euch kenne, habt ihr noch keine Ahnung, wie wir mit einem geklauten Auto über die Grenze kommen, oder? Seht ihr. Aber ich habe schon einen Plan. Zuerst mal müssen wir einen kleinen Grenzübergang nehmen, weil da am wenigsten kontrolliert wird. Wartet mal, das war … hier. Nördlich von Schaffhausen. Ganz kleine Straße, mitten im Wald. Da müßt ihr auch nicht über den Rhein. Wir müssen natürlich warten, bis es dunkel wird, dann sitzen die Jungs an der Grenze vor dem Fernseher und haben keine Lust mehr, nach draußen zu gehen. Am besten ist es natürlich, wenn es auch noch regnet, aber da haben wir heute auch Glück. Bei schlechtem Wetter kommt man ja immer besser über die Grenze. Und das Allerwichtigste ist: Wir dürfen nicht auffallen. Und deshalb dürfen wir auch nur zu zweit sein. Zwei Männer und eine Frau fallen immer auf, da kommen alle auf komische Gedanken. Aber wenn ein Pärchen irgendwohin fährt, sieht das ganz natürlich aus. Wir müssen dann nur noch absprechen, was wir den Zollbeamten sagen, falls sie uns fragen sollten, wohin wir fahren. Nicht, daß einer von euch sagt, wir fahren zu unserer kranken Großmutter, und ich sage, daß wir zum Wandern in die Berge fahren. Obwohl wir ja natürlich auch zu unserer Großmutter wandern können, wenn sie zum Beispiel auf einer Almhütte lebt, wo man mit dem Auto nicht hinkommt. Aber besser ist, wir sprechen uns ab. Also, was haltet ihr davon?«

Paul versuchte vergeblich, Kathrinas Gedankengang zu folgen. Waren denn alle Frauen irrsinnig? Bestand darin das Grundproblem dieser Welt? Warum glaubte sie, seine Probleme lösen zu müssen? Wo er doch selber kaum wußte, worin diese bestanden. Und die romantische Inszenierung einer Grenzüberquerung bei Dunkelheit mitten im Wald war natürlich grandioser Unfug, nichts erschien ihm auffälliger, als mitten in der Nacht einen kleinen Grenzposten aufzustören und dort eine erfundene Geschichte von der kranken Großmutter zu erzählen, anstatt, wie alle anderen Menschen, einfach auf der Autobahn nach Süden zu bleiben. Dachte sie, sie seien bei der Résistance? Glaubte sie etwa, sie würden an der Grenze einzeln verhört? Und vor allem: gegen Ende ihres Monologes, als es darum ging, daß ein Paar unauffälliger sei als drei Personen, hatte sie sich eindeutig nur an Victor gewandt. Der zeigte sich ähnlich irritiert wie Paul.

»Äh … und wie, meinst du …«

»Wir können doch aber nicht …«

»Du glaubst doch nicht etwa, daß …«

»… daß einer von uns beiden …«

»Ich. Daß ich … also, daß ich nicht …«

»Jetzt regt euch wieder ab, und macht den Mund zu. Wir fahren schon alle drei. Aber einer muß halt in den Kofferraum. Und das bist eben am besten du, Paul.«

»Ich? Ich muß in den Kofferraum?« Paul wollte gerade zu einer längeren Widerrede ansetzen, als hinter ihnen jemand laut schrie: »Da sind die! Das ist Kerl. Hat gesagt, will zu mich nach Hause.« Die strenge Toilettenwärterin hatte sich Verstärkung gesucht und stürmte nun auf sie zu, wobei sie drohend ihre *Mariacron*-Flasche schwang.

»Was wollen die denn von euch?« fragte Kathrina.

»Es gab da ein kleines Mißverständnis auf der Herrentoilette. Wir sollten vielleicht später weiterdiskutieren. Paul, steig ein!«

»Aber nicht in den Kofferraum!«

»Was war denn das für ein Mißverständnis auf der Herrentoilette?« erkundigte sich Kathrina neugierig, als sie das kleine Auto startete und mit quietschenden Reifen auf die Autobahn steuerte. »Ihr beiden habt's ja wirklich drauf, euch in Schwierigkeiten zu bringen.«

Einundzwanzig

Die Heckscheibe des kleinen lila Autos zerbarst in tausend Scherben, und Paul sackte, von etwas Hartem getroffen, zur Seite wie der Hirscheber im Frankfurter Zoo. Kathrina schrie auf und gab Vollgas. Victor wurde in den Beifahrersitz gepreßt und angelte hilfesuchend nach dem Anschnallgurt. »Langsamer fahren, um Gottes willen langsamer fahren!« stammelte er. Kathrina ignorierte diese Bitte und trat das Gaspedal ins Bodenblech. Victor stand der Angstschweiß im Gesicht. »Bremsen, du mußt bremsen«, bettelte er verzweifelt, als eine Baustelle in Sichtweite kam. Wieder keine Reaktion. Aus dem Augenwinkel konnte Victor ein Tempo-Vierzig-Schild erkennen. Es wurde Zeit zu handeln, er hatte keine Wahl. Eine schallende Ohrfeige brachte Kathrina zur Besinnung. Victor hatte das schon immer einmal ausprobieren wollen. Er hatte es in so vielen Spielfilmen gesehen, sich aber selbst nie getraut, bis zu diesem Zeitpunkt, wo es um sein Leben ging. Eine klassische Ohrfeige – und Kathrina war still. Mit qualmenden Bremsen kam das Auto auf dem Standstreifen zum Stehen. Doris-Day-Filme hatten ihr Leben gerettet.

»Er atmet.«

»Sicher?«

»Ganz sicher.«

»Dann ist er nur bewußtlos.«

»Was um Himmels willen habt ihr bloß in der Herrentoilette angestellt, daß die halbe Belegschaft der Raststätte hinter euch her ist und mit Cognacflaschen nach uns wirft. Euch kann man wirklich keine fünf Minuten allein lassen.«

»Paul hat nur auf seinen Grundrechten bestanden. Er

hat halt seine Prinzipien«, sagte Victor ablenkend. »Wichtig ist, daß wir ihn wieder wach kriegen.«

»Das sollte nicht weiter schwer sein«, sagte Kathrina und öffnete die Weinbrandflasche. Nachdem sie selbst einen tiefen Schluck getrunken hatte, reichte sie die Flasche an Victor weiter. »Nimm auch einen. Ich glaube, wir können es vertragen. Und dann flößen wir dem Bewahrer der Grundrechte etwas ein.«

»Sei nicht so zynisch. Ich glaube, es hat ihn wirklich hart getroffen. Ein Wunder, daß die Flasche heil geblieben ist.« Victor gönnte sich einen kleinen Schluck und beträufelte dann vorsichtig Pauls Lippen.

»Huäh.«

»Er spricht!«

»Wir wollen es als ersten Versuch gelten lassen«, kommentierte Kathrina schnippisch. »Gib ihm etwas mehr, es kann seinen Zustand nur verbessern.« Victor ignorierte den süffisanten Tonfall und setzte die Flasche erneut an. Der Weinbrand entfaltete seine Wirkung. Paul lächelte und glotzte debil, aber glücklich, durch die zerstörte Heckscheibe in den wolkenverhangenen Himmel.

»Weitermachen«, stammelte er und leckte sich zufrieden die hochprozentige Medizin von den Lippen. Victor reagierte prompt und fuhr mit der Behandlung des angeschlagenen Reisegefährten fort. Kathrina wandte sich indes dem Auto zu.

»Der Schnaps ist alle. Haben wir zufällig noch welchen? Ich glaube, Paul möchte noch mehr.«

»Der Schnaps ist was? Du hast den ganzen Weinbrand in Paul versenkt?«

»Ja, es tut ihm gut, deshalb will er noch mehr.«

»Das war eine halbe Flasche! Nein, ich habe nichts mehr. Niente, nada!« beschied Katharina energisch.

»Nadannnich«, murmelte Paul und schlief augenblicklich ein.

»Ich glaube, er braucht erst einmal Ruhe«, bemerkte Victor und hüllte Paul in eine Decke. Das Paket schob er ihm unter den Kopf. Paul rollte sich auf der Rückbank zusammen und begann versonnen zu schnarchen.

»Na prima«, sagte Kathrina, »die optimale Voraussetzung für eine illegale Grenzüberschreitung. Ein kleines, gestohlenes, lila Frauenauto mit zerschlagener Heckscheibe. Ein schnarchender, volltrunkener Autodieb auf der Rückbank, und ich sitze am Steuer. Da kann eigentlich nichts schiefgehen.« Sie kramte eine der zahlreichen Zigarettenpackungen aus den unergründlichen Tiefen ihrer Handtasche, gab sich Feuer und inhalierte tief. »Tja, dann tritt wohl Plan B in Kraft.«

WALD

Zweiundzwanzig

Kohärenz, dachte Paul, ohne daß ihn dieses Wort irgendwie weitergebracht hätte, zumal es seinen Gedanken derzeit vor allem an selbiger mangelte. Kollaborateur. Kollaps. Das schien es schon eher zu treffen, war aber noch nicht das richtige. Kollodium. Koloquinte. Nein. Kondemnation. Konfusion. Auf jeden Fall. Eine Koloquinte war eine Kürbisfrucht, aber was war eine Kondemnation? Egal. Konspiration? Eher nicht. Nein. Kopenhagen. Er war dicht dran. Kopfschmerz. Das war es! Kopfschmerz, dachte er noch einmal, ich habe Kopfschmerzen. Nun, da diese Frage geklärt war, konnte er sich anderen Problemen zuwenden: Sollte er die Augen öffnen? Würde es ihm dann bessergehen? Oder anders betrachtet: Gab es Alternativen? Er sondierte die Lage: Er befand sich auf der Rückbank eines Autos – Kathrina hatte also Gott sei Dank den Kofferraumteil ihres Plans nicht in die Tat umgesetzt –, angeschmiegt an etwas Hartes, von dem er hoffte, es möge Rudis Paket sein. Es war kalt. Und er hörte leises Vogelzwitschern und lautes Schnarchen. Es roch nach … Nadelwald. Nassem Nadelwald. Ein beruhigender Geruch, der an weichen, federnden, nadelbedeckten Boden denken ließ, an kleine, flauschige Tiere mit großen, feuchten Augen, die von Ast zu Ast sprangen oder neugierig hinter einem moosbewachsenen Baumstamm hervorblinzelten, an mit weichem Gras bewachsene Lichtungen, wo Sonnenstrahlen die feuchten Halme funkeln ließen, an endlos weite, unberührte Wälder, finstere Wälder, in denen man tagelang, wochenlang herumirren konnte, ohne je aus ihnen herauszufinden, immer im Kreis herum, und stets begleitet vom Schnauben der bedrohlich näher kommenden Wildschweine und der bangen Frage, ob es wirklich so schlau gewesen war, diese Pilze zu essen, bis dann, Jahre später, eine alte Frau beim Reisigsammeln … verdammt noch mal, wo waren sie? Wohin hatte Kathrina sie gebracht? Beunruhigt schlug er nun doch die Augen auf.

Das Harte, auf dem er gelegen hatte, war tatsächlich Rudis Paket, schon reichlich derangiert, aber im wesentlichen unzerstört. Vom Auto konnte man das weniger behaupten: Von der Heckscheibe hingen nur noch Bruchstücke im Rahmen, der Rest lag in Scherben verstreut im Fond. Jemand hatte versucht, das Fenster notdürftig abzudichten, dafür aber offenkundig kein anderes Material gefunden als ein paar Straßenkarten, die nun völlig durchgeweicht waren.

Draußen brach ein feuchter Morgen an. Zwar regnete es nicht mehr, aber durch die Bäume zogen nasse Nebelschwaden. Die Vögel hielt das nicht vom Zwitschern ab. Und Victor nicht vom Schnarchen. Sein Kopf hing nach hinten über den Beifahrersitz. Aber wo war Kathrina? Paul richtete sich auf, was er sogleich bereute, denn all die Begriffe mit »K« fielen ihm wieder ein: Kollaps, Kollateralschaden und Kopfschmerz. Vor allem Kopfschmerz.

Kathrina schlief, eingewickelt in eine Jacke, quer über den beiden Vordersitzen, den Kopf in Victors Schoß gebettet. Ein friedliches Bild, aber was hatte es zu bedeuten? Kollaboration? Konfusion? Paul versuchte zu erspähen, wo sich Victors linke Hand befand, aber die Jacke war im Weg. Vielleicht war es doch ein Fehler gewesen, die Augen zu öffnen.

Es wurde hell, und allmählich verzogen sich auch die Nebelschwaden. Die Vögel hörten auf zu zwitschern, um sich ihrem Tagwerk zu widmen, das wohl im wesentlichen aus der Suche nach Würmern und Körnern bestand. Der Gedanke an Würmer und Körner erinnerte Paul daran, wie lange seine letzte Mahlzeit zurücklag. Aber Victor schnarchte unverdrossen weiter, und auch Kathrina gab in Victors Schoß nur eine Reihe unartikulierter Grunzlaute von sich. Hier war eindeutig Konsequenz gefragt.

»Guten Morgen.« Paul versuchte, seiner Stimme Munterkeit zu verleihen, was, wie er selbst eingestehen mußte, ziemlich mißlang. Er versuchte es noch einmal: »Guten Morgen!« Schon besser. Kathrina und Victor begannen, sich und die sie einhüllenden Jacken zu entflechten.

»Rrrgn«, ließ sich Victor vernehmen.

»Chhhhhr«, fügte Kathrina kongenial hinzu.

»Hm. Wasnlos?« fragte Victor.

»Das wüßte ich auch gerne. Wo sind wir hier? Und warum? Und was ist mit der Heckscheibe passiert? Und was habt ihr ...«

»Krrrrrh. Kaffee«, forderte Kathrina. »Ich brauche jetzt zuerst einen Kaffee, dann können wir reden. Erst Kaffee, dann reden. Klar?«

»Frühstück«, beschied auch Victor knapp. »Hunger.«

»Klar. Sicher. Aber darf ich darauf hinweisen, daß wir uns hier mitten im Wald befinden? Darf ich den Herrschaften ein paar nasse Fichtennadeln anbieten? Oder gibt es hier gleich um die Ecke ein Waldcafé mit Frühstücksbuffet?«

Ein müdes Schweigen deutete darauf hin, daß Victor und Kathrina nasse Fichtennadeln nicht in Erwägung zogen.

»Du hast doch Reiseproviant gekauft, Paul. Jetzt wäre der geeignete Zeitpunkt, ihn auszupacken.«

»Stimmt. Richtig. Äh. Der müßte im Kofferraum sein. In irgendeiner Tasche. In einer Tüte.«

Victor und Kathrina stiegen aus und öffneten die Heckklappe. Paul hörte sie im Gepäck wühlen.

»Das muß Pauls Tasche sein.«

»Irrrgh. Ist das naß.«

»Wir hätten die Scheibe früher abdichten sollen.«

»›Das Gesundheitslexikon‹! Das *ist* Pauls Tasche. Und da ist die Tüte.«

»Was ist drin?«

»Äh …«

»Das ist nicht wahr! Das glaube ich nicht, Paul!« Paul fand, daß Kathrinas Stimme unverhältnismäßig tadelnd klang. »Paul, kann es sein, daß du ungefähr dreißig … gefriergetrocknete Notrationen für Bergsteiger mitgenommen hast?«

»Fünfunddreißig. Cevapcici mit Djuvecreis und …« Paul versuchte sich zu erinnern. »Würstchen mit Bohnen. Muß man nur mit Wasser anrühren und aufwärmen.«

»Aha. Und was um Gottes willen hat dich dazu getrieben?«

»Na ja, das Haltbarkeitsdatum ist abgelaufen, und deshalb waren sie billig. Und so praktisch. Ich habe sogar noch zwei Multifunktionswesten und wasserfeste Streichhölzer dazubekommen. Und irgendwo müssen noch Vitamintabletten sein. Übrigens, weiß jemand von euch, was eine Kondemnation ist?«

Dreiundzwanzig

»Cevapcici mit Djuvecreis, Cevapcici mit Djuvecreis!!!« Mit melodramatisch erhobenen Armen beschwor Katharina ihr schweres Schicksal. »Da sitze ich einen ganzen Tag und eine Nacht mit zwei Irren im Auto und alles, was sie mir zu bieten haben, sind Cevapcici mit Djuvecreis.« Zornig funkelte sie Paul und Victor an: »Ich will nach Italien, ich will Latte Macchiato trinken und frühstücken, richtig frühstükken, falls ihr wißt, wie das geht. Ich scheiß auf eure Cevapcici! Und auf euren scheiß Djuvecreis scheiß ich auch!«

Mit diesen Worten kehrte sie ihren Reisegefährten den Rücken und machte sich auf einem Waldweg davon.

»Was für ein Abgang!«

»Und das um diese Uhrzeit.« Victor schüttelte verständnislos den Kopf. »Ich glaube, Madame hatte Einwände gegen die Speisefolge. Sie wird sich schon wieder beruhigen. Wir sollten ihr in jedem Fall etwas übriglassen.«

»Du meinst, sie kommt zurück?«

»Aber natürlich. Wo soll sie denn hin?« sagte Victor gelassen und kramte einen Beutel mit einhundert Teelichtern aus seinem Koffer hervor. Sorgsam arrangierte er die Lichter zu einem Kreis und zündete sie nacheinander an. »Ich gehe doch recht in der Annahme, daß du nicht an einen Kocher gedacht hast?«

Paul schüttelte den Kopf, froh darüber, mal wieder mit Victor allein zu sein, ohne diese anstrengende Frau, dankbar, weil Victor seine Einkäufe, die er unter rein finanziellen Gesichtspunkten getätigt hatte, anstandslos hinnahm und erleichtert, daß Victor die Teelichter nicht zum Zwecke spiritistischer Rituale, sondern lediglich zur Erwärmung der Cevapcici benutzen wollte.

»Wie sind wir eigentlich hierhergekommen? Ich kann

mich an nichts erinnern. Waren wir nicht zuletzt auf der Autobahn? Was um Himmels willen wollen wir hier im Wald?«

Der Weinbrand hatte Paul wirklich übel mitgespielt: An seinem Kopf hatte er eine beeindruckende Beule und in seinem Kopf eine komplette Leere hinterlassen. Die Beule würde von allein heilen. Den Filmriß versuchte Victor mit einer Zusammenfassung der zurückliegenden Ereignisse zu kitten, an deren Ausgang auch er sich freilich nicht genau erinnern konnte. »Wie wir schließlich hierher gekommen sind, weiß ich selbst nicht genau. Ich bin irgendwann eingeschlafen. Aber Kathrina hatte vorher was von Plan B gefaselt. Sie hat lange die Karte studiert und schien sich sicher zu sein, daß dies der richtige Weg ist. Sie wird es schon wissen, immerhin will sie auch nach Italien.«

»Wir sitzen hier schutzlos in der Wildnis, und du weißt nicht mal, in welcher?«

»Kathrina wird sich schon wieder berappeln, zurückkommen und die Sache aufklären. Ich bin mir sicher, daß sie eine plausible Erklärung für unseren Aufenthaltsort hat. Und wenn nicht, dann fahren wir eben wieder zurück.«

Paul gab sich mit diesen Ausführungen zufrieden, was blieb ihm auch anderes übrig. Victor füllte mehrere Portionen Cevapcici mit Djuvecreis in einen Topf und hielt diesen über die Teelichter. Ein kräftiger Schauer setzte ein. »Bestimmt werde ich mich erkälten«, klagte Paul nach einer Weile. »Vielleicht sollten wir die Westen anziehen«, schlug er vor und reichte Victor ein schlammfarbenes Kleidungsstück mit beeindruckend vielen Taschen, Reißverschlüssen und sinnlosen Ösen. Victor schaute Paul lange und nachdenklich an. Der Regen löschte die Teelichter.

»Ich glaube, wärmer wird das Essen heute nicht«, sagte Victor nach einer quälenden Pause und hielt den Topf mit der lauwarmen Masse in den Regen. »Wieviel Wasser möchtest du in deine Cevapcici? Wenn es weiterregnet, können wir uns sogar eine Multivitamintablette auflösen. Um das Nahrungsmittelangebot voll auszuschöpfen.«

Paul erhob sich. Er öffnete den Kofferraum und kramte mißmutig in seiner Tasche herum, bis er einen alten Tonkrug hervorzauberte. Er gab eine Multivitamintablette hinein und hielt den Krug mit gestrecktem Arm in den Regen. »Meinst du, man kann das essen?« fragte er ein wenig kleinlaut und zeigte auf den Topf, in dem Victor stoisch herumrührte. An Wasser und einen Kocher hätte er wirklich denken sollen. »Keine Ahnung«, antwortete Victor, »aber ein Feuer bekommen wir hier bestimmt nicht an, das Holz ist viel zu feucht. Vielleicht sollten wir das Essen einfach mal kosten.«

»Nun ja, wenn du meinst«, sagte Paul, der Victor dabei zuschaute, wie dieser die bräunliche Masse auf zwei Porzellanteller verteilte.

»Du hast Teller dabei?« Paul staunte nicht schlecht.

»Ein ganzes Service. Schau mal im Koffer nach, da sind auch noch Tassen, Besteck und eine Tischdecke. Die langstieligen Kerzen brauchen wir nicht, dazu regnet es zu stark.«

»Schmeckt gar nicht so schlecht«, bilanzierte Paul nach den ersten Löffeln.

»Vielleicht sollten wir nicht alle fünfunddreißig Rationen hintereinander wegessen«, überlegte Victor, »aber ein paarmal kann man's schon verkraften.«

»Habt ihr eigentlich den Nachtisch gefunden?« fragte Paul.

»Laß mich raten: gefriergetrocknetes *Fürst-Pückler*-Eis von der Apollo-Eins-Mission?«

»Neinnein, ich habe noch ...«

»Ah. Die Herren haben sich zum Diner umgezogen«, unterbrach ihn eine gewohnt schnippische Stimme. Ohne daß sie es bemerkt hatten, war Kathrina zurückgekehrt. »Schick. Sogar farblich passend zum Hauptgang«, höhnte sie nach einem abschätzigen Blick auf die Westen und das Tellergericht. »Wenn die Herren fertiggespeist haben, könnten wir vielleicht das weitere Vorgehen besprechen.«

»Kathrina!« Victor hielt ihr seinen Teller hin.

»Nein danke, ich habe bereits gefrühstückt. Ich hatte noch Koffeintabletten und Zigaretten in der Handtasche. Das reicht bis zum Mittag. Aber ihr müßt euch beeilen. Es wird höchste Zeit, aufzubrechen«, sagte sie, während sie sich daranmachte, den Kofferraum zu entladen.

»Warum stellst du unsere Taschen in den Matsch?« fragte Victor verwundert.

»Na, Plan B! Das haben wir doch gestern ausführlich besprochen.«

»Nun, um ehrlich zu sein, bin ich da wohl eingeschlafen«, sagte Victor, der sich wunderte, daß Kathrina ihren Monolog als Besprechung bezeichnete.

»Das heißt, ihr wißt beide nicht, warum ihr hier im nassen Unterholz sitzt«, stellte Kathrina kopfschüttelnd fest. Sie atmete tief durch und zündete sich eine weitere Zigarette an. »Okay, also noch mal. Da ihr nach dem Vorfall in der Herrentoilette bestimmt nicht mehr ohne weitere Komplikationen über die Grenze kommt und der Kofferraum für zwei Personen zu klein ist, werden wir uns trennen. Ich werde als unscheinbare Alleinreisende mit dem Auto über die Grenze fahren. Sollte man mich dort anhalten und nach euch fragen, werde ich behaupten, daß ihr zwei harmlose Anhalter seid und das Auto schon vor längerer Zeit verlassen habt. Ihr beide schlagt euch durch den Wald über die Grenze.« Sie entfaltete eine Karte und erläuterte: »Dieser

Pfad führt euch genau in die richtige Richtung. Wir treffen uns in vierundzwanzig Stunden in diesem Dorf.« Kathrina übergab Paul die Straßenkarte. »Ihr habt reichlich Zeit, wenn ihr bald aufbrecht.«

Mit diesen Worten schwang sie sich ins Auto, ließ den Motor an, wendete und fuhr los. Nach wenigen Metern bremste sie noch einmal und kurbelte die Scheibe herunter. »Und seid pünktlich!« rief sie den Zurückgelassenen zu. Dann gab sie Vollgas. Die Reifen rotierten durch den aufgewühlten Matsch, dessen Spritzer den Djuvecreis endgültig ungenießbar machten.

Vierundzwanzig

»Himbeerbonbons«, war Pauls erstes Wort, nachdem Kathrina entschwunden war. »Himbeerbonbons.«

»Bitte?«

»Himbeerbonbons. Ich habe Himbeerbonbons als Nachtisch.«

»Paul?«

Paul bemerkte, daß Victor ihn sehr besorgt ansah.

»Himbeerbonbons. Victor, ist diese Frau tatsächlich gerade mit unserem Auto abgehauen und hat uns mitsamt unserem ganzen Gepäck, zu dem offenbar auch ein vierundzwanzigteiliges Service und langstielige Kerzen gehören, im Wald stehen gelassen?«

»Ja. Und du hast Erde in deinem Essen.«

»Du auch. Und was machen wir jetzt?«

»Abwaschen. Irgendwie habe ich plötzlich keinen Hunger mehr.« Victor begann, die klebrigen, kalten Reste des Cevapcici-mit-Djuvecreis-und-Schlamm-Desasters von seinem Teller zu kratzen. »Und dann machen wir uns auf den Weg. Was bleibt uns anderes übrig.«

»Wir machen uns auf den Weg?« Paul war erschüttert. »Auf welchen Weg wollen wir uns machen? Du willst doch nicht etwa dem Weg dieser Irren folgen? ›Unscheinbare Alleinreisende‹. Ha! Diese Frau ist vollkommen wahnsinnig.«

»Und sie hat unser Auto.« Victor versuchte, seinen Teller mit etwas nassem Gras sauberzuwischen. »Nein, nicht *unser* Auto, sondern ein Auto, das wir ... das du dir geliehen hast. Erklär das mal Ulrike!«

Ulrike. Paul hatte schon seit geraumer Zeit nicht mehr an Ulrike gedacht. Und an deren Schwangerschaft. Und an Kisten-Rudi und sein Paket. Das alles schien weit hinter ihm zu liegen, obwohl sie ja eigentlich gerade wegen ...

»Das Paket!«

»Was ist damit?«

»Es ist noch im Auto. Es lag auf dem Rücksitz.«

Victor unterbrach seine Reinigungsbemühungen.

»Ähm, Paul, ich wollte sowieso mit dir über dieses Paket reden. Dir ist doch klar, daß wir keine Ahnung haben, wo Rudi wirklich ...«

»Wir müssen los. Sofort.« Paul machte sich hektisch an ihrem Gepäck zu schaffen. Er schien Victor überhaupt nicht zugehört zu haben.

»Das ergibt doch aber alles keinen Sinn.« Victor überlegte kurz und kam zu dem Schluß, daß es im Moment vielleicht vernünftiger wäre, Paul nicht zu widersprechen. »Aber was macht schon Sinn in diesem Leben. Laß uns pakken und aufbrechen. Italien wartet auf uns. In welche Richtung müssen wir gehen?«

Das war eine interessante Frage. Paul drehte die Karte, die Kathrina ihnen hinterlassen hatte, unschlüssig in verschiedene Richtungen und versuchte, sie mit der lokalen Topographie in Übereinstimmung zu bringen. Der Weg, den Kathrina für sie vorgesehen hatte, führte offenbar ausschließlich durch unberührte Natur. Spuren der Zivilisation wie menschliche Siedlungen, Eisenbahnlinien, Ausflugslokale oder Schutzhütten waren in der näheren Umgebung nicht verzeichnet. Allerdings auch keine gefährlichen Hindernisse wie unüberwindbare Canyons, Wanderdünen oder Hochmoore, stellte Paul dankbar fest. Nichts außer Wald, Wiesen und einer gestrichelten roten Linie, die Paul als Verlauf der Staatsgrenze interpretierte. Und nichts, was darauf hinwies, in welche Richtung sie nun gehen sollten.

Victor nahm ihm die Karte aus der Hand. »Wenn wir wissen, wo Norden ist, ist doch alles klar. Und Norden ist immer da, wo das meiste Moos an den Bäumen wächst. Oder wir richten uns nach der Sonne.«

Eine unverzügliche Untersuchung der umstehenden Bäume ergab, daß diese rundum mit einer dicken Schicht aus Moos und Flechten bedeckt waren. Offenbar war überall Norden. Sonne, Mond und Sterne verbargen sich hinter düsteren Wolken.

»Tja, Huckleberry Finn, da haben wir wohl Pech«, meinte Paul. »Vielleicht sollten wir einfach in die Richtung gehen, in die Kathrina nicht gefahren ist. Das wäre mir am sympathischsten.«

Zwei Stunden später war Paul mit seinen Kräften am Ende. Der Weg führte seit Ewigkeiten konstant bergauf. Sein bisheriges Leben hatte ihn nicht darauf vorbereitet, zwei schwere Taschen stundenlang durch einen feuchten Wald zu tragen. Victor schien es nicht besser zu ergehen, denn seine Äußerungen hatten sich in der letzten Stunde auf leise Flüche und lautes Schnaufen beschränkt.

»Victor. Stop. Pause.«

Erleichtert stellte Victor seine Koffer ab.

»So geht das nicht«, keuchte Paul. »Das schaffen wir nie.«

»Jedenfalls nicht mit diesem Gepäck.« Victor war ebenfalls völlig außer Atem. »Wir müssen etwas zurücklassen.«

»Zurücklassen? Was denn?« Paul war entsetzt. »Wir haben doch sowieso nur das Nötigste dabei. Was wollen wir denn da noch zurücklassen?«

»Wir könnten mit deinem Gesundheitslexikon anfangen.«

»Auf keinen Fall! Lassen wir doch dein vierundzwanzigteiliges Service hier. Und die langstieligen Kerzen.«

»Und wie sollen wir dann essen?«

Als Paul und Victor sich wieder auf den Weg machten, hatten sie ihr Gepäck auf einen Koffer reduziert, den sie auf zwei starken Ästen zwischen sich trugen. Am Wegesrand, verborgen hinter einem Holzstoß, türmten sich Geschirr, Kristallgläser, eine Espressomaschine, ein zusammenklappbarer Strandstuhl, den Paul als sein Eigentum zu identifizieren gezwungen war, sowie eine Zapfanlage für Faßbier, zu der sich Victor bekannt hatte. Paul mußte sich außerdem von einer aufblasbaren Ente trennen und Victor von einem Kunstblumenstrauß, dessen Vorhandensein er nicht zufriedenstellend erklären konnte.

Mit leichterem Gepäck kamen sie nun schneller voran. Zu Victors Überraschung begann sich auch Pauls Laune zu heben, jedenfalls schien ihn etwas nachhaltig zu erheitern.

»Warum kicherst du die ganze Zeit?«

»Ich habe mir gerade Plan C ausgedacht.«

»Plan C?«

»Ja. Der Plan, wie wir Kathrina loswerden.«

»Vielleicht sollten wir allmählich über Plan D nachdenken.«

»Plan D?«

»Ja. Wo wir heute übernachten.«

Pauls Grinsen fiel in sich zusammen wie ein Soufflé in kühler Zugluft.

»Wenn wir heute nicht mehr das Dorf erreichen, können wir uns ja etwas bauen.« Paul bemühte sich um Zuversicht. »Eine Hütte. Oder einen Unterstand. Bist du nicht Schreiner oder so was?«

»Ich baue Einbauküchen auf. Und ich bin mir sicher, daß hier niemand Bedarf an Einbauküchen hat. Und außerdem mußte ich meinen Werkzeugkasten am Holzstoß zurücklassen.«

Fünfundzwanzig

Und irgendwann war die Nacht gekommen. Mühsam schleppten Victor und Paul sich und den Koffer durch den stockfinstren Forst. War es jemals zuvor so dunkel gewesen? Victor überlegte. Es war erst seine zweite Nachtwanderung, und die erste lag mindestens fünfundzwanzig Jahre zurück. In der Grundschule hatte man ihn einst mit einer Horde Gleichaltriger in einen ähnlichen Wald verschleppt. Soweit er sich erinnern konnte, waren sie seinerzeit mit Laternen und Leberwurstbroten ausgestattet gewesen, die Grundschullehrerin sang unerschütterlich längst vergessenes volkstümliches Liedgut, und der zottelbärtige Herbergsvater kredenzte nachher lauwarmen Hagebuttentee und erzählte Geschichten, die er für spannend hielt. Victor gruselte es noch heute, aber nicht wegen der Geschichten – der Gesang der Grundschullehrerin war es, der ihm nachhaltig zugesetzt hatte.

Gut, daß Paul nicht sang. Paul redete nicht mal. Seit Stunden hatten sie kein Wort mehr gewechselt. Seit Anbruch der Dämmerung herrschte Funkstille. Beide hatten inständig gehofft, den asphaltierten Boden der Zivilisation noch vor Einbruch der Dunkelheit zu erreichen. Diese Hoffnung hatte es ihnen erlaubt, sich nicht weiter mit der Frage auseinandersetzen zu müssen, wie sie in dieser naßkalten Hölle die Nacht verbringen sollten. Aber nun war es so weit. Unbarmherzig hatten sich die schwarzen Schatten der Nacht über sie herabgesenkt, sie bedeckt und umschlungen. Der Traum von einem von Kerzenschein erleuchteten Gasthof war genauso erloschen wie Victors letzte selbstgedrehte Zigarette. Sie waren auf sich selbst angewiesen und gnadenlos den Kräften einer erbarmungslosen Mutter Natur ausgeliefert.

Bei dem Gedanken an Mutter Natur kam Victor ins Grübeln. Mutter Natur, Mutter, da war was. Mutter ... Natürlich: er hatte ganz vergessen, sich bei seiner Mutter zu melden! Wollte sie ihn nicht besuchen? Er hätte sich längst bei ihr melden müssen. Was, wenn sie schon unterwegs war? Würde sie sich in seiner verlassenen Bleibe einrichten und niederlassen? Auf den verlorenen Sohn warten? Umdekorieren? Das mußte er verhindern. Doch wie sollte er das tun? Sie waren Gefangene. Gefangene der Dunkelheit, heillos verirrt im Wald, Kilometer vom nächsten Telefonanschluß entfernt, ohne Alkohol, Tabak und Nahrung, es war kalt und begann schon wieder zu regnen – so hatte er sich die Reise nach Italien nicht vorgestellt. So nicht. Wilde Flüche wechselten sich in Victors Gedankenfluß mit verzweifelten Fragen ab: Kamen andere Menschen nicht ganz bequem nach Italien? Warum mußte er, ausgerechnet er, durch diesen stockdusteren Wald latschen? Andere Leute kauften ein Ticket, stiegen ins Flugzeug und waren in wenigen Stunden am Ziel. Und er? Gut, sie waren mit dem Auto losgefahren, und die Reise hätte so ja auch funktionieren können. Hatte sie aber nicht, hatte sie aber verdammt noch mal nicht. Nicht einmal einen Tag hatte es gedauert, bis das Auto einem rollenden Schrotthaufen glich und von einer nikotin- und koffeinsüchtigen Anhalterin entführt wurde, sie ihrer Habe beraubt und von Finsternis umschlossen in völlige Einsamkeit verbannt waren. Er schaute zu Paul hinüber. Der fühlte sich bestimmt nicht anders, obwohl er noch immer tapfer voranschritt. Aber was war mit all den anderen Menschen? Kamen sie in ähnliche Situationen? Oder waren Paul und er die einzigen, auserwählt für diese Passion? Gab es eine höhere Macht, die ihre Schritte sinnreich lenkte, vielleicht, um durch diese Prüfung die Menschheit von all ihren Übeln erlösen zu können? Hatte er, der Vorsehung folgend, deshalb in den letzten zwei Jahren Einbauküchen montiert? War er, nach Joseph, der zweite Vater, der ein Kind durch das gezeugt hatte, was man landläufig unbefleckte Empfängnis nannte? Sollte Ulrike den Heiland der Neuzeit gebären? Victors Gedanken waren genauso wirr und verschlungen wie das immer undurchdringlichere Dickicht des Unterholzes, in das sie geraten waren. Und der Regen nahm an Stärke zu.

»So geht das nicht weiter, Paul. Wir müssen anhalten und uns etwas einfallen lassen.« Victor hatte einen Entschluß gefaßt: Bevor seine Gedanken auf noch abwegigere Bahnen gerieten, mußte er einschreiten. Und handeln: der Bau einer Hütte war unvermeidbar.

»Du willst hier bleiben? Mitten in dieser Waldeinsamkeit?« Pauls Stimme klang zittrig und durchgefroren.

Erst jetzt wurde Victor bewußt, wie durchnäßt sie waren. Ihre Multifunktionswesten hatten sich voll Wasser gesogen wie Putzfeudel und hingen schwer und klamm von ihren Schultern.

»Paul, wenn wir in diesem Tempo weitergehen, schaffen wir zehn Meter in der Stunde. Und dann ist noch nicht einmal klar, ob wir in die richtige Richtung gehen. Wir müssen warten, bis es wieder hell ist. Außerdem holen wir uns in diesem Regen den Tod«, sagte Victor entschlossen. Der letzte Satz verfehlte seine Wirkung nicht. Paul blieb augenblicklich stehen und nickte ergeben. Er hustete und schniefte. »Bestimmt habe ich schon eine Lungenentzündung. Victor, müssen wir sterben?«

»Nicht, solange wir dein Gesundheitslexikon mit uns herumtragen. Komm Paul, hilf mir ein paar Äste von den Bäumen zu brechen.«

Der Bau der Hütte gab ihnen den Rest. Paul erinnerte sich daran, vor noch nicht allzu langer Zeit eine Dokumentation gesehen zu haben, die sich mit dem Überleben in freier Wildbahn beschäftigte. Nichts davon konnte er jetzt anwenden. Mit letzter Energie gab er Anweisungen, die Victor nicht befolgte. Sie schichteten Fichtenzweige an einem umgeknickten Baumstamm zu einem schrägen Dach und dichteten dieses mit matschigem Laub ab. Nach einer Stunde hatten sie eine Behausung zustande gebracht, um die selbst die Wildschweine der Region einen großen Bogen machen würden. Paul und Victor schoben den Koffer in ihren Unterstand und sich selbst hinterher.

»Ich hätte keinen Meter mehr weitergehen können«, seufzte Paul. »Gut, daß wir die Hütte gebaut haben. Der Regen hört gar nicht mehr auf. Wenn wir Kathrina morgen treffen, kann sie sich auf was gefaßt machen. Uns einfach in der Wildnis auszusetzen. Möchtest du ein Himbeerbonbon?«

»Nein, danke. Wenn wir Kathrina denn treffen. Paul, wir sind irgendwo im Niemandsland, und seit Stunden irren wir ohne jegliche Orientierung durch die Gegend. Das Dorf, das Kathrina auf der Karte markiert hat, kann überall sein. Sie hat uns gerade mal vierundzwanzig Stunden Zeit gegeben. Davon sind bereits sechzehn Stunden vergangen, die nächsten sechs Stunden wird es dunkel sein, bleiben morgen also genau zwei Stunden, um uns aus dieser grünen Hölle zu befreien.«

»Du meinst, Kathrina wird uns im Stich lassen? Sie wird nicht auf uns warten? Das soll sie wagen! Sich mit mir anzulegen. Mit mir. Kein Bein wird sie mehr auf den Boden bekommen.« Pauls Stimme steigerte sich von Entrüstung über Wut zu schierer Hysterie. »Akne soll sie befallen. Ihr Haar soll sich verfärben. Seh- und Gehfehler seien ihr beschieden. Eingesperrt soll sie sein. Eingesperrt in ein Mathe-Camp, wo sie rechnen muß, den ganzen Tag rechnen muß, und zwar damit rechnen muß, uns zu sehen …«

»Paul, wir kennen nicht einmal ihren Nachnamen. Vielleicht sollten wir die Sache etwas realistischer betrachten und ...«

»Ich war ja von Anfang an dagegen. Aber der Herr mußte sich zum Gulasch einladen lassen ...!«

»Paul! Ich dachte, das hätten wir ausdiskutiert. Die Situation ist, wie sie ist. Morgen werden wir weitersehen. Auf alle Fälle kann sich Kathrina auf einiges gefaßt machen.«

»Wenn wir erst mal das Auto und das Paket wiederhaben.«

»Genau darüber wollte ich mit dir sprechen. Paul, dir ist doch klar, daß wir keine Ahnung haben, was in dem Paket eigentlich ist und wo wir Kisten-Rudi su...«

»Pssst!« Erschrocken preßte Paul seine Hand auf Victors Mund. Er begann zu flüstern. »Hast du das gehört?«

»Mmmh!«

»Doch, ganz deutlich. Da hinten knackt etwas.« Beide waren still. Einige Minuten vergingen. Gerade als sich Victor von Pauls Hand befreite, knackte es abermals. Der Schrecken war auch ihm in die Glieder gefahren. »Ist vielleicht nur ein kleines Tier«, flüsterte er so beschwichtigend es ging.

»Oder Soldaten. Schließlich sind wir hier im Grenzgebiet.«

»Soldaten?«

»Pssst!«

Es folgte angespannte Stille. Eine halbe Stunde verging, ehe Victor sich wieder traute, zu flüstern: »Paul?«

»Ja?«

»Hättest du jetzt ein Himbeerbonbon?«

Etwas Haariges kratzte an Victors Wange. Er dachte an Schweine. Der Hirscheber rieb sich an ihm. Mit einem

Arm umschlang Victor den massigen Leib des Schweins, der Wärme ausstrahlte. Es roch nach nassen Fichtennadeln. Mit der freien Hand durchfuhr Victor den feuchten Boden. Noch ein paar Minuten wollte er dem ersten Vogelgezwitscher lauschen, dann wurde es wohl Zeit, die Augen zu öffnen. Er räkelte sich und begann, die ersten Eindrücke des neuen Tages zu ordnen: etwas Haariges, Hirscheber, massiger Leib, eng umschlungen, Fichtennadelgeruch, feuchter Boden – um Gottes willen, wo war er? Vorsichtig zog er seinen Arm zurück. Neben ihm brummelte es. Wie ein Hirscheber klang das nicht. Langsam öffnete Victor die Augen. Da lag zusammengerollt Paul. Von den Fichtenzweigen über ihnen tropfte es. An seinen Füßen konnte er den Koffer spüren, den sie in der Nacht bis hierher getragen hatten. Irgendwie kam ihm die Situation bekannt vor. In letzter Zeit stieß er morgens häufiger mit den Füßen an Gegenstände; auch das Paket hatte er auf diese Weise entdeckt. Damals lag er allerdings in seinem warmen Bett und hatte einen Kater. Jetzt lag er im Matsch, und zum Kater fehlte definitiv der Konsum von Alkohol. Er hoffte inständig, daß der neue Tag Besseres für ihn bereithalten werde. Ein Bier zum Beispiel.

Sechsundzwanzig

Paul war überzeugt, daß dies sein letzter Tag auf dieser Welt sein werde. Sein Gesundheitslexikon, das ihm all die Jahre ein treuer Begleiter gewesen war, brauchte er gar nicht mehr zu konsultieren, denn die Symptome waren eindeutig. Sein Kopf drohte zu bersten. Das Atmen fiel ihm schwer. In den Beinen hatte er kein Gefühl mehr, und seine Hände waren eiskalt. Überhaupt spürte er, wie sich tödliche Kälte in seinem Körper ausbreitete. Was auch immer das für eine Krankheit war, zum Tode würde sie unweigerlich führen, ob Pfeiffersches Drüsensyndrom, Dengue-Fieber oder Frühsommermeningoenzephalitis. Genau, das war es: wahrscheinlich hatte ihn eine Zecke gebissen und ihre letale Virenlast in seinen Kreislauf gepumpt. Statt in Italien endlich ein freies, erfülltes, heiteres Leben zu führen, mußte er in diesem durchgeweichten deutschen Forst verenden. Sein einziger Trost bestand darin, daß er dabei nicht allein war. Immerhin, dies hatten die letzten Tage, *seine* letzten Tage, ihm noch gebracht: einen Freund, der ihn auch in seiner schwersten Stunde nicht im Stich lassen würde. Doch als Paul die Augen öffnete, entpuppte sich auch dieser finale Trost als Lüge und Selbstbetrug: Victor war verschwunden. Dann würde er eben allein sterben. Leise wimmernd zog er seine karierte Decke fester um sich und kroch so tief wie möglich unter die Fichtenzweige, um gottergeben sein trauriges, feuchtes, einsames Ende zu erwarten.

»Paul! Paul, wach auf!« Etwas rüttelte ihn. Victor. Victor war zurückgekehrt!

»Bictor«, röchelte Paul, so weit es der Katarrh in seinem Kopf zuließ, ergriffen.

»Ja. Paul, ich habe die Straße gefunden, keine hundert Meter von hier. Und das beste ist, daß es nur noch zwei Kilometer bis zu diesem Dorf sind. Ich habe ein Straßenschild gesehen.«

»Ictor.« Paul klang jetzt wie die Kameliendame im letzten Akt. Tuberkulose, ganz klar. Warum war er nicht vorher schon darauf gekommen? Wahrscheinlich in Verbindung mit Pneumonie und Rippenfellentzündung. Das würde auch den stechenden Schmerz in seinem Rücken erklären.

»Was ist? Hörst du mir überhaupt zu? Steh auf, sonst erkältest du dich, der Boden ist verdammt kalt.«

Wem sagte er das. Erkältung. Ha. Wenn er wüßte …

»Ctor!«

»Was ist los mit dir?« Victor sah nun schon ein wenig alarmiert aus.

Paul traf eine Entscheidung: »Du mu't alleine weitergehn. La' mich hier 'urück. Allein kann't du e' 'aff'n. Ich … ich kann nich mehr.«

»Paul, hast du wieder in deinem Gesundheitslexikon gelesen?« Die Besorgnis in Victors Gesicht wich einem Grinsen.

»Ja. Nein.« Paul wurde schwindlig. »E' geht 'uende. Ich kann meine Beine nicht mehr 'püren. Und e' i't 'o kalt. 'o kalt. Und i' kann kaum no' atm'n. Ictor! La' mich nicht allein!«

»Laß mal sehen.« Victor kniete sich neben Paul und fühlte seine Stirn und seinen Puls. »Tja, Paul. Das ist wirklich ernst.« Paul nickte zustimmend. »Auch ohne dein Gesundheitslexikon würde ich sagen, du hast Schnupfen. Und außerdem hast du die ganze Nacht auf diesem Ast gelegen. Kein Wunder, daß du kein Gefühl mehr in den Beinen hast.« Paul sah ihn ungläubig an. So leicht würde er sich nicht heilen lassen. »Und außerdem hast du eine ziemlich große, haarige Spinne im Ohr sitzen.«

Pauls Heilung vollzog sich schneller als ein Wunder in Lourdes, denn kaum hatte er das Wort »Spinne« gehört, vergaß er Lähmung und baldigen Tod und sprang sehr lebendig aus seiner Fichtennadelgruft. Während er sich schüttelte und nach Spinnen absuchte, packte Victor ihre Siebensachen zusammen.

»Das Frühstück verschieben wir auf später«, meinte Victor, als er ihren Koffer wieder auf das improvisierte Tragegestell hob. »Auch wenn einer von uns gerade erst wieder von den Toten auferstanden ist, müssen wir doch zusehen, daß wir in einer halben Stunde in diesem Dorf sind. Und da gibt es sicher ein besseres Frühstück als Multivitamintabletten mit Himbeerbonbons.«

Übellaunig trottete Paul hinter Victor her, fast ein wenig enttäuscht darüber, daß er nun doch nicht sterben würde. Eine so anrührende Gelegenheit würde es so bald nicht wieder geben. Andererseits erwartete sie in diesem Dorf bestimmt eine warme Suppe und ein Tee, und da erschien das Leben doch gleich in einem freundlicheren Licht. Für eine Weile konnte die Hoffnung auf Suppe und Tee Paul ein wenig aufheitern, doch dann überkam ihn eine neue Befürchtung: »Victor! Was ist, wenn uns jemand sieht?«

»Was soll dann sein? Natürlich wird uns jemand sehen! Oder hattest du vor, in der Abenddämmerung über Hinterhöfe zu schleichen, um Hühner und Wäsche zu stehlen?«

»Aber wir sehen schrecklich aus.«

Victor mußte zugeben, daß Pauls Feststellung zutraf, denn sie hatten seit drei Tagen nicht geduscht oder sich rasiert. Sie sahen aus, als hätten sie mit den Wildschweinen im Wald übernachtet – was ja auch gar nicht so falsch war. Wahrscheinlich würde man sie für entlaufene Sträflinge halten oder für … Victor seufzte. Jetzt ließ er sich auch schon anstecken von Pauls Paranoia und Kathrinas überschäumender Phantasie, hinter jeder Ecke Gefahren zu wittern, seien es gedungene Meuchelmörder oder mutierte Killerinsekten.

Siebenundzwanzig

Der Ort entsprach ganz und gar nicht Pauls Vorstellungen. Eigentlich hatte er eine Art Schweizer Bilderbuchdorf erwartet, mit weißgekalkten Bauernhöfen, malerisch um einen Anger mit Kirchlein gruppiert. Balkone mit blühenden Geranien. Freundliches Milchvieh. Alpenpanorama. Und ein Gasthaus, das *Zum Lamm* oder *Zur Linde* hieß, und in dem man schon am Vormittag Schweinebraten mit Bier bekam. Oder Hühnersuppe mit Kamillentee. Zu Pauls Enttäuschung fanden sie lediglich eine Ansammlung schmutziger Häuser vor, die in stummer Verzweiflung am Waldrand kauerten. Ihr Auto war nirgendwo zu sehen. Wenigstens gab es ein Wirtshaus, respektive das *Bistro Blaue Lagune,* dessen Name schroff mit dem Grau seiner Eternitfassade kontrastierte. Victor und Paul standen unschlüssig vor dem Etablissement, das nebst einer Kegelbahn auch italienische Küche bot. Italienische Küche! Durch ein geöffnetes Fenster drang das Düdelü eines Spielautomaten und belegte, daß man hier selbst zu dieser frühen Stunde bereits auf Gäste eingestellt war.

Die Inneneinrichtung offenbarte sich als finstere Dokumentation des gastronomischen Scheiterns: Eichenfurnierte Bauernmöbel, chinesische Lampions und ein verblichenes griechisches Fresko illustrierten, daß sich hier Unternehmer verschiedener Nationalitäten und lukullischer Kulturen vergeblich versucht hatten. Der Beitrag des gegenwärtigen Besitzers zur Ausstattung bestand aus blauen Lampenschirmen, die den fatalen Eindruck erweckten, man sitze in einem Aquarium. Die Kundschaft bestand aus drei in graugrünen Loden gekleideten Herren, die sich an einen Resopaltisch klammerten. Ein vierter suchte Halt am Spielautomaten. Victors zögernden Gruß übergingen sie mit sturer Reglosigkeit, auch Pauls herzhaftes Niesen entlockte ihnen keine Reaktion. Paul zog Victor am Ärmel.

»Laß uns gehen«, flüsterte er Victor ins Ohr. »Solange es noch nicht zu spät ist.«

»Ich habe Hunger. Und du brauchst etwas gegen deine Erkältung. Und wir können uns hier ein bißchen frisch machen.«

»Und womit sollen wir bezahlen?«

»Das wird sich finden.«

Victor zog Paul und ihren Koffer an einen Tisch in einer Ecke. Die vier Herren verharrten in ihrem Elend, nur der Spielautomat dudelte unverdrossen seine immergleiche Melodie. Nach einigen Minuten löste sich eine Frau schwer kalkulierbaren Alters aus dem dämmrigen Schatten hinter der Theke und schlurfte zu ihrem Tisch. Falls Victors und Pauls Zustand sie irritierte, verstand sie dies gut zu verbergen. Vielleicht nahm sie ihn auch gar nicht wahr, da ihr Blick auf ein imaginäres Ziel weit hinter dem Tisch ihrer neuen Kunden fixiert schien. Ihr Aussehen deutete darauf hin, daß sie sich in ihrer Freizeit vorwiegend mit der Gestaltung ihrer Frisur und Fingernägel befaßte. Da sie dem Rest ihres Äußeren die Aufmerksamkeit vorenthielt, die sie Haar und Händen gönnte, fügte sich ihre Erscheinung nahtlos in das deprimierende Ambiente.

»Zwei Bier?« Das schien hier die gängige Order zu sein – selbst zu dieser frühen Stunde.

»Äh. Ja.« Victor übernahm die Bestellung, da Paul gerade einen heftigen Niesanfall zu bewältigen hatte. »Und könnten Sie sein Bier warm machen und ein Ei hineinschlagen?«

»Küche erst ab elf.«

»Sie haben gar nichts zu essen?«

»Küche erst ab elf.«

»Wir haben aber Hunger, und ihm geht es wirklich schlecht.« Paul untermauerte dies durch geräuschvolles Schneuzen. »Ganz im Vertrauen: sein Arzt hat ihm warmes Bier mit Ei verschrieben. Und etwas zu essen.«

»Küche erst ab elf.«

Paul wechselte in einen gewaltigen Hustenanfall, der die Dringlichkeit von Victors Bestellung unterstrich. Allerdings ohne Erfolg, denn die Wirtin murmelte »zwei Bier« und verschwand hinter der Theke. Abermals senkte sich Stille über die Gaststube und deren kontemplative Atmosphäre, die nur durch Pauls unermüdliches Schniefen und den Spielautomaten beeinträchtigt wurde. Nach einer Weile kam die Wirtin zurück und brachte ein Bier für Victor und für Paul einen gewaltigen Humpen mit einer gelblich-braunen Brühe, die sie wortlos auf den Tisch stellte. Auch Paul fiel es jetzt schwer, Worte zu finden.

»Victor. Was ... wieso ... ist das ...?«

»Das ist warmes Bier mit Ei. Das Beste gegen Erkältung. Du wirst dich gleich besserfühlen, aber du mußt es trinken, solange es warm ist. Prost!«

Während sich Victor voller Hingabe seinem Bier widmete, dem ersten seit Tagen, nippte Paul an seiner trüben Brühe und fand sie gar nicht so widerwärtig, wie er befürchtet hatte. Als die Wirtin zurückkehrte und zwei Teller mit dampfender Suppe auftischte, hatte er den Humpen schon zur Hälfte geleert. Die Suppe wurde mit dem Hinweis »Minestrone, von gestern« und mit ausdruckslosem Blick serviert, was Paul und Victor nicht daran hinderte, dankbar zum Löffel zu greifen.

»Und?« fragte Victor. »Fühlst du dich schon besser?«

»Ja.« Paul fühlte sich tatsächlich besser. Sogar leicht, fast schwerelos. »Dassisgut. Bier. Warm. Ei. Gut. Vielleicht ... vielleicht solltich nocheins trinken. Oder? Wasmeinstndu?«

»Vielleicht lieber nicht.«

»Gut. Du bissu gutsumir.« Der schleimige Heiltrank hatte offenbar erhebliche Nebenwirkungen, unter anderem registrierte Paul Schwindelgefühle und Störungen seines Koordinationsvermögens. Aber damit konnte er gut leben. Mehr als gut.

In diesem Augenblick wurde die Tür aufgerissen, und Kathrina stürmte in das Lokal, gefolgt von einem jungen Mann mit Seitenscheitel und Krawatte. Zielstrebig steuerten sie auf Paul und Victor zu.

»Seid ihr beiden denn völlig wahnsinnig?« brüllte sie, so daß selbst die vier Herren im Loden aus ihrer Lethargie erwachten und die Köpfe hoben. »Ich nehme diese ganzen Strapazen auf mich, nur um euch zu decken, und ihr hockt am hellichten Tag in der Kneipe und besauft euch! Das ist ja wohl das Letzte!«

»Guckma, Victor«, gluckste Paul fröhlich. »Da is ... dingsda ... Katharina.«

»Kathrina«, korrigierte Victor automatisch. »Mit zwei A. Kathrina, wir müssen jetzt ein ernstes Wort miteinander ...«

»Unsie hat jeman'n mitgebracht.« Paul zeigte auf den gescheitelten Krawattenträger.

»Das ist Frank. Frank hatte eine Autopanne, und da habe ich ihn mitgenommen«, erklärte Kathrina und fuhr in verschwörerischem Tonfall fort: »Das kam mir gerade recht. Zu zweit ist man ja immer unauffälliger. Wir sind ganz problemlos über die Grenze gekommen. Und außerdem ist er was ganz Süßes. Frank, sag doch mal, was du bist.«

»Frank. Frank Friedrich«, meldete sich nun auch der Seitenscheitel zu Wort, der sich bis dahin darauf beschränkt hatte, Paul und Victor mißtrauisch zu mustern. »Altstipendiat der Graduiertenförderung der Landgraf-Otto-Stiftung.«

Victor ignorierte diese Vorstellung ebenso wie die Hand, die sich ihm entgegenstreckte und wandte sich Kathrina zu. »Kathrina, Paul und ich sind zu dem Schluß ...«

»Jaja, das können wir alles später besprechen. Hat mein Plan nicht großartig funktioniert?« unterbrach Kathrina ihn fröhlich, um sodann voll Abscheu anzuordnen: »Jetzt müßt ihr euch erst mal waschen. Ihr seht ja schrecklich aus. Und ihr stinkt. Was um alles in der Welt habt ihr gemacht? Und dann besprechen wir die nächsten Schritte. Ich habe da nämlich auch schon einen Plan.«

Victor leerte sein Bierglas, stand auf und ergriff den Koffer. »Paul, komm. Wir gehen.«

»Was?« Paul hatte seinen Zeigefinger immer noch auf den Altstipendiaten gerichtet. »Was hatter gesagt? Was isser?«

»Ein Depp, Paul«, meinte Victor, »er ist ein Depp. Und wir gehen jetzt.«

Victor schob Paul und den Koffer Richtung Ausgang, gefolgt von den Blicken der graugrünen Herren, die das unerwartete Geschehen mit plötzlich erwachtem Interesse verfolgten. So viel war in diesem Lokal nicht mehr passiert, seit die damalige kroatische Wirtin im August 1994 ihren serbischen Mann verprügelt hatte. In der Tür drehte sich Victor noch einmal um und rief der Wirtin zu: »Danke für die Suppe und das Bier. Die Dame bezahlt.« Dann fiel hinter ihm die Tür ins Schloß.

GRENZEN

Achtundzwanzig

Ein Schatten senkte sich über die Teetassen.

»Marguerite!« Ulrike und Angelika sahen sich betroffen an. »Wir dachten, du wärst noch mit Annegret auf Korfu, zum Meditieren. Bis Dienstag …«

»Korfu, Schätzchen, Korfu ist fürn Arsch.«

Ulrike und Angelika waren schon immer der Ansicht gewesen, daß Margret, Marguerites richtiger Name, viel besser zu ihr paßte, weil ihre kurzen grauen Haare und ihr eher massiver Körperbau wenig Anlaß für feminin-blumige Assoziationen boten. Ihre Ausdrucksweise auch nicht. Besonders an einem Tag wie diesem, an dem sie leicht zu dampfen schien.

»Und Annegret, die Putenfotze, ist auch fürn Arsch.« Sie zog sich einen Stuhl an den Tisch und setzte sich zu Ulrike und Angelika. »Was ist das für eine Plörre?«

»Hafertee.«

»Mit Gerstenmalz.«

Marguerite versuchte gar nicht erst, ihren Ekel zu kaschieren. »Hafertee? Igitt. Habt ihr keinen anständigen Kaffee?«

Ulrike und Angelika sprangen gleichzeitig auf. Bevor sich Marguerites breiter Schatten über ihren Tee senkte, hatten sie in der Küche der Frauenberatungsstelle das Schicksal von Rudi, Victor, Paul und Penelope, Marguerites Auto, erörtert. Beide waren der Meinung, daß sie – in ihrem eigenen Interesse – dieses Thema im Beisein Marguerites nicht weiter diskutieren sollten.

»Marguerite.«

»Du Ärmste.«

»Hier, dein Kaffee.«

»Milch? Rohrzucker? Aus ökolo…«

»Schwarz, Schätzchen, schwarz wie meine Seele.«

»Erzähl doch mal.«

»Was ist denn passiert?«

»Setzt euch erst mal hin, und rennt hier nicht rum wie angefixte Hühner. Annegret«, fuhr sie fort, nachdem Ulrike und Angelika sich wieder gesetzt hatten, »Annegret, diese vertrocknete Schnecke, erzählt mir doch schon seit Wochen, daß sie nicht mit mir ficken könne, weil sie eine spirituelle Krise habe. Deshalb sind wir nach Korfu geflogen, wo irgendeine Korinthenfotze aus Duisburg Seminare für Aura-Heilung und Chakren-Massage anbietet. Tausendachthundert Euro pro Woche, mit Übernachtung und ohne Frühstück. Pro Person. Und wenn ihr mich fragt, ist dieses ganze Schamaninnengewichse doch mittlerweile auch fürn Arsch.« Marguerite nahm einen kräftigen Schluck Kaffee. Ulrike und Angelika sahen sie indigniert an. »Jedenfalls haben wir den ganzen Tag meditiert und getrommelt und son Scheiß. Und nach drei Tagen merke ich, daß Annegret, diese trockene Ziege, gar nicht wegen der Aura-Heilung da war, sondern wegen der Korinthenfotze, die sie im Februar bei einem Seminar in Tübingen kennengelernt hat. Und ich Idiotin bezahle tausendachthundert Euro dafür, meine scheiß Frau zu ihrer scheiß Geliebten zu begleiten. Scheiße.«

Ulrike und Angelika blickten betroffen in ihren Hafertee.

»Und dann? Was hast du gemacht?«

»Ich habe beiden kräftig die Chakren poliert und sie ins Hafenbecken von Kerkyra geworfen und dann den nächsten Flug nach Hause genommen.« Marguerite leerte ihre Tasse und sah erst Ulrike und dann Angelika durchdringend an. »Und jetzt genug geplaudert, Schätzchen. Was ist hier los? Wo ist mein Auto? Wer ist das hysterische Muttchen in meinem Büro, das meinen Schreibtisch naßflennt? Und, bitte: keine Ausreden!«

Neunundzwanzig

»Hasna!« Pauls Niesen hallte gewaltig durch das schmutzige schweizerische Voralpendorf. Victor zog den grippal geschwächten Reisegefährten hinter sich her.

»Los, Paul. Beeil dich. Wir müssen diesen Bekloppten entkommen.«

»Äschna!«

»Da, ich sehe das Auto. Nur noch zweihundert Meter.« Victor beschleunigte abermals seine Schritte. »Wir schaffen es, Paul, halt durch. In wenigen Minuten wird alles gut.«

»Atschüü!«

»Wir sind da, Paul, wir sind da!« Victor sah sich hektisch um. »Schnell, sie haben die Verfolgung noch nicht aufgenommen. Jetzt kann uns nichts mehr aufhalten. Steig ein, Paul.«

»Tschahatschi!«

»Gesundheit. Los Paul, steig ein.«

»Schlüschl.« Paul artikulierte sich einsilbig, aber immerhin, er sprach statt zu niesen.

»Schlüschl?«

»Autoschlüschel«, kam es zurück.

Kathrina hatte noch den Autoschlüssel! Deshalb war sie auch so gelassen geblieben. Doch so leicht würden sie sich nicht geschlagen geben. Victors Augen begannen zu funkeln. Eine unbändige Energie durchströmte seinen ausgezehrten Leib. Bei aller Verzweiflung: so leicht würden sie es ihr nicht machen!

»Die Heckscheibe, Paul! Wir steigen durch die Heckscheibe ein. Und dann schließen wir die Kiste kurz. So schwer kann das nicht sein. Millionen von Fünfzehnjährigen können das auch. Ich hab das in tausend Filmen gesehen. Man muß einfach die zwei Kabel aneinanderhalten, dann funkt es, und der Motor springt an. Ganz einfach.«

Paul glotzte abwesend an Victor vorbei. Er schien eine Wandlung zu durchleben und seinen Aggregatzustand von fest zu flüssig zu wechseln. Fünf der sieben Körperöffnungen seines Kopfes waren undicht. Stetiger Sekretfluß hinderte ihn an einer klaren Antwort. »Ischna!« Das warme Bier mit Ei hatte dem Schnupfen nicht dauerhaft Paroli bieten können, aber eine Wirkung zeigte sich dennoch: Es machte Paul gefügig.

Victor stopfte erst den Koffer und dann Paul durch die lädierte Heckscheibe des kleinen lila Autos. Zuletzt zwängte er sich selbst durch die schmale Öffnung und krabbelte nach vorne auf den Fahrersitz. Kabel, irgendwo mußten hier Kabel sein. Zu seiner Überraschung konnte er jedoch keine finden. Nicht einmal ganz kleine. Die komplette elektrische Ausstattung des Autos war hinter einer widerspenstigen Plastikverschalung versteckt, an der Victor hartnäckig rüttelte, zog und drückte, doch die Verschalung löste sich keinen Millimeter. Wie ein Freeclimber grub er seine Finger in die Verkleidung, doch nur der überquellende Aschenbecher begann sich langsam zu öffnen. Irgendwo mußte eine Schwachstelle sein, und er mußte sie finden. Ein Blick in den Rückspiegel verfinsterte die ohnehin schon deprimierenden Aussichten. Daß sich der Himmel wieder mal verdunkelte, kalter Wind aufkam und die Sonne ihre Kraft einbüßte, daß sich mithin ein neuerliches Niederschlagsgebiet näherte, gehörte wohl zu den meteorologischen Determinanten dieser trostlosen Gegend. Schwerwiegender und bedrückender war, daß Kathrina und der Depp sich im Anmarsch befanden. In letzter Verzweiflung preßte sich Victor in den Beifahrersitz, winkelte das rechte Knie an und trat, so fest es eben ging, mit dem Absatz in die Armaturen. Ein schokoladentafelgroßes Stück Plastik sprang aus dem Armaturenbrett, das, ungeachtet seiner deutschen Wertarbeit, diesem Ausbruch roher Gewalt nicht gewachsen war. Und nun sah Victor auch Kabel, verdammt viele Kabel allerdings, nicht zwei, wie in all den verlogenen Filmen. Die Zeit arbeitete gegen ihn. Kathrina und der Depp kamen näher und näher. Victor versuchte, sich an Farben zu erinnern. Ein rotes und ein schwarzes Kabel – oder gelb und grün? In seiner Not zerrte er heftig an allen. Ein oder zwei Versuche, mehr Zeit blieb ihm nicht. Er entschied sich für eine Variante aus rot und schwarz, den Farben seines Lieblingsvereins, der so oft verlor. Er drückte die Kabelenden zusammen und wartete auf einen Funken. Nichts geschah. Verzweifelt rührte er den Schalthebel wie einen Quirl und trat die unterschiedlichsten Pedalkombinationen. Wieder nichts. Absolute Stille. Nur ein leises, verzweifeltes Schniefen von der Rückbank. Dann öffnete Kathrina die Fahrertür.

»Ihr habt wirklich Talent für dramatische Abgänge. Victor, geh nach hinten und kümmer dich um das triefende Elend. Frank sitzt vorne.«

»Der Depp bleibt draußen!« protestierte Victor aufgebracht. Auch wenn die Realität sie in Gestalt Kathrinas wieder eingeholt hatte, der Seitenscheitel würde hierbleiben.

»Ich wäre Ihnen wirklich sehr verbunden ...«, hob der Seitenscheitel pomadig an.

»Sag nichts«, unterbrach Kathrina, »du hast schließlich das Bier bezahlt, das die Herren bereits am frühen Vormittag verkosten mußten. Und die Tankfüllung ging ebenfalls auf deine Rechnung ...«

»Häschna!«

Victor kapitulierte. Sobald Paul wieder ansprechbar war, würden sie zurückschlagen.

Das kleine lila Auto setzte sich ruckelnd in Bewegung. Paul hatte sich wieder in die karierte Decke gehüllt und starrte fiebernd ins Nichts. Victor umklammerte das immer noch auf der Rückbank liegende Paket und hoffte, daß es biologische Waffen oder Kampfgase enthielt. Seine Gedanken waren von Rachegelüsten beherrscht.

Die vorbeiziehende Gegend glich einer Modelleisenbahnlandschaft. Lange sagte keiner ein Wort, bis Kathrina die Stille durchbrach.

»Victor, wieso hast du eigentlich das Autoradio kaputtgemacht?«

»Und wie war das jetzt noch mal mit dem Tie-Break? Das hab ich immer noch nicht verstanden.«

»Statt des Vorteilssatz-Systems kann wahlweise das Tie-Break-System angewendet werden, sofern dies vor Beginn des Spiels bekanntgegeben wurde. Im Tie-Break-Spiel werden die Punkte dann fortlaufend numerisch gezählt.«

»Und wer hat da den Ball?«

»Der Aufschlag für den ersten Punkt erfolgt von rechts. Danach wird abwechselnd von links und von rechts aufgeschlagen …«

»Oh, Mann.« Victor hatte auch mächtig Lust, aufzuschlagen. Ob von links oder rechts, war ihm dabei einerlei; Hauptsache, er träfe Frank und Kathrina. Seit Stunden unterhielten sie sich über die ödesten Themen aus Politik und Wirtschaft. Und jetzt auch noch Tennis. Der größte Langweilersport des Universums und vermutlich noch darüber hinaus. Frank spielte nicht einmal selbst. Soweit Victor es verstanden hatte, war er nur Mitglied im *Verein zur Ausübung und Förderung des Tennisturniersports* in Berlin-Charlottenburg. Frank war überhaupt in mächtig vielen Vereinen. Der Altstipendiat setzte sich so ziemlich für alles ein, engagierte sich für »internationale Beziehungen«, die Menschenrechte und den *Freundeskreis zur Aufrechterhaltung öffentlicher Fernsprecher*, nur für eine Frisur, eine gescheite Frisur, engagierte er sich offensichtlich nicht. Langsam bedauerte Victor, das Autoradio zerstört zu haben. Schutzlos war er der verbalen Kontamination dieser zerebralen Null ausgesetzt. Und es gab nicht einmal mehr Alkohol, mit dem er sich hätte betäuben können. Der Seitenscheitel hatte lediglich eine Thermoskanne mit lauwarmem Fencheltee in die Fahrgemeinschaft eingebracht. Er habe einen Reizmagen, Alkohol sei da quasi Gift für ihn.

So oder ähnlich hatte er geantwortet, als Victor ihn vor einer Stunde auf seine Not aufmerksam gemacht hatte. Kampflos mußte Victor sich in sein Schicksal fügen. Er würde mit Gegenmaßnahmen warten, bis Paul wieder ansprechbar war. Paul schlief. Gelegentlich sonderte er schnorchelnde Geräusche ab, doch insgesamt schien sich seine gesundheitliche Verfassung zu bessern. Die Niesanfälle waren einem Schnauben gewichen. Victor dachte über den bisherigen Reiseverlauf nach. Sie waren nun schon den dritten Tag unterwegs. Weit waren sie nicht gekommen: Wenn er die Ortsschilder, die sie passierten, korrekt auslegte, befanden sie sich im Herzen der Schweiz, einem Staat, der ihm seit jeher suspekt war. Viel wußte er allerdings nicht über dieses Land, und seine Assoziationen *Geld, Berge, Kuckucksuhren, Käse* sowie *Paola und Kurt Felix* animierten ihn nicht gerade, seine Wissenslücken füllen oder seine Vorurteile überprüfen zu wollen.

Das kleine lila Auto war angeschlagen. Seit Beginn der Reise schien es mit Paul eine Art heimlichen Wettbewerb auszutragen, wer von beiden die eindrucksvolleren Wunden davontragen werde. Beide waren für Langstrecken offensichtlich nicht geschaffen. Insgesamt stand ihre Mission unter keinem guten Stern. Ulrike, der unheimliche Verfolger in der Lederjacke sowie seine, Victors, Mutter waren zwar in weite Ferne gerückt, doch um welchen Preis? Sie fuhren in einem zugigen Auto durch ein wunderliches Land, waren durch heimtückische Viren außer Gefecht gesetzt worden und saßen, zu Beifahrern degradiert, auf der Rückbank, in der zweiten Reihe. Möglichkeiten, aktiv auf ihr Schicksal einzuwirken, waren derzeit nicht zu erkennen. Kathrina hatte längst die Führung der Reisegruppe an sich gerissen, und Frank, der Gescheitelte, Krawattierte, Frank, die Ausgeburt dessen, was so kongenial in dieses spießige Bergland paßte, redete ohne Unterlaß über Tennis.

»Wenn der Irrtum erst entdeckt wird, nachdem der Ball für den zweiten Punkt ins Spiel gebracht wurde, muß der Satz als Vorteilssatz gewertet werden.«

Victor überließ sich genervt wieder seinen Grübeleien: Drohte ihre Mission zu scheitern? Aber was war ihre Mission? Sie befanden sich auf dem Weg. Das Ziel hatten sie sich selbst gesteckt: Sie wollten jemanden finden, den sie aber eigentlich gar nicht vermißten. War das wirklich der Schlüssel zum Glück? Victor dachte angestrengt nach. Warum hatte er nie nachgeschaut, was auf dem Paket stand? Warum hatten sie es nicht geöffnet? Warum war ihm all das, woran er momentan zweifelte, vor drei Tagen noch so eindeutig und keiner Nachfrage wert erschienen? Und warum klebte er diesem Labersack vor ihm eigentlich nicht das Maul mit dem Paketband zu, das er soeben unter der Rückbank gefunden hatte.

»Hmmpff!!!«

»Was sagtest du, Frank? Victor, um Himmels willen, Victor, laß das Klebeband los! Was machst du denn da? Bist du vollkommen übergeschnappt?« fauchte Kathrina.

»Hümmpf!«

»Victor!« Kathrina stieg hart auf die Bremse. »Mach ihn sofort wieder los, du Wahnsinniger!« Doch Victor hatte rasch und gründlich gearbeitet. Blitzschnell hatte er Frank überfallen und dem Tennisexperten mit Hilfe eines breiten Streifens Klebeband nicht nur das Maul gestopft, sondern seinen Kopf im gleichen Schwung mit der Kopfstütze des Beifahrersitzes verklebt. Nun machte er sich an den heftig um sich schlagenden Armen zu schaffen.

»Hmmpf!« entfuhr es dem Geknebelten.

»Eeeeschna!« Paul war wieder aufgewacht.

»Auaa!« Frank hatte bei einem letzten, vergeblichen

Versuch, sich seiner Fesselung zu widersetzen, Kathrina getroffen.

»Ha!« Victor war zufrieden. So wenig Einfluß, wie er eben noch dachte, hatten sie offensichtlich doch nicht.

Einunddreißig

Bier und Fieber ließen die Landschaft an Paul vorübergleiten wie einen wirren Traum: Herbe Täler und schroffe Berge tauchten auf und verschwanden, und von Zeit zu Zeit versank alles in einer tiefen, von grellen Lichtblitzen zerrissenen Dunkelheit. Wo waren sie? War das noch die Schweiz? Oder schon Italien? Die Alpen? Die Hölle? Für die Hölle war es eindeutig zu kalt, außerdem gab es in der Hölle wohl andere Gesprächsthemen als Tennis.

Oder doch?

War dies sein eigener, nur für ihn geschaffener Ort der Verdammnis? Ein modernes, individuell ausgestattetes Privat-Inferno: Der Teufel trug gescheiteltes Haar und dozierte über Tennis. Dabei hatte Paul immer angenommen, daß für ihn als Kassenpatient bestenfalls die Grundversorgung eines durchschnittlich überheizten Standard-Schwefelpfuhls vorgesehen war – vorausgesetzt, er würde endlich die Krankenkassenbeiträge der letzten Monate bezahlen. Doch was, wenn dies noch nicht das endgültige Schattenreich war, sondern bloß eine Art Fegefeuer, ein reinigendes Purgatorium? Mit Frank, dem Gescheitelten, als geschwätzigem Charon, der ihn in einem kleinen, verbeulten lila Polo durch die schweizerische Vorhöllenlandschaft zum Jüngsten Gericht geleitete. Dann war es jetzt an der Zeit, Bilanz zu ziehen.

Zweiunddreißig

»Ich darf das mal kurz zusammenfassen.« Marguerite leerte ihre Kaffeetasse, während Ulrike und Angelika unruhig auf ihren Stühlen hin und her rutschten. Marguerites Zusammenfassungen waren immer sehr präzise. »Ulrike hat sich von ihrem Mitbewohner schwängern lassen, der daraufhin abgehauen ist. Soweit ist die Geschichte klar und verständlich. Das passiert, wenn man sich mit Männern einläßt und Gummis wie Pille gleichermaßen ablehnt.« Unangenehm präzise. »Dann hat Ulrike ihren anderen Mitbewohner und einen dritten Kerl, zu dem sie in einer bisher nicht näher erläuterten Beziehung steht, gebeten, ihren Stecher wieder aufzutreiben.« Marguerite hielt einen Augenblick inne, um das Gesagte wirken zu lassen. »Ich verstehe es zwar nicht, aber es gibt dafür zweifellos akzeptable Gründe. Liegt wahrscheinlich an den scheiß Hormonen.« Ulrike nickte dankbar. »Dann haben sich die beiden Kerle eine Geschichte aus dem Schwanz gesogen, die so glaubwürdig ist wie der Fahrplan der griechischen Inselfähren.« Ulrike und Angelika lächelten unsicher, aber Marguerites Gesichtausdruck machte klar, daß sie keinen Scherz beabsichtigt hatte. »Und euch beiden Puten hat das Trommeln das Hirn so aufgeweicht, daß ihr den beiden scheiß Pennern nicht nur jedes Wort glaubt, sondern auch mein Auto gebt. Richtig?«

»Mhm.«

»Wir dachten …«

»Nein, Schätzchen: gedacht hat hier niemand, solange ich nicht da war. Und ich habe keine Ahnung, ob ich das je verstehe oder auch nur verstehen will. Aber bevor ich euch beide hirnlose Hühner dafür ordentlich zusammenscheiße, versucht bitte noch, mir eins zu erklären: Warum glaubt diese hysterische Frau – die du, Ulrike, mittlerweile aus meinem Büro hast entfernen können und zu dir nach Hause geschickt hast, wofür ich ausgesprochen dankbar bin –, warum glaubt diese Frau, daß sie deine Schwiegermutter ist?«

Dreiunddreißig

Pauls Lebensbilanz war vernichtend. Er hatte sich eine Verjährungsfrist von drei Jahren zugestanden, um sich nicht mit weiter zurückliegenden Sünden aufhalten zu müssen, an die sich noch nicht einmal er selbst erinnern konnte. In diesen vergangenen drei Jahren hatte er eigentlich nichts Böses getan. Aber auch nichts Gutes. Er hatte gar nichts getan. Damit hatte er sich zwar der Trägheit schuldig gemacht, die aber mutete geradezu verdienstvoll an angesichts seiner Vergehen der letzten drei Tage: Lügen, Diebstahl, Sachbeschädigung, Habgier und Neid – hatte er etwas vergessen? Die einzigen Todsünden, derer er sich nicht schuldig gemacht hatte, waren Völlerei und Wollust, aber seine diesbezügliche Reinheit lag nur am Mangel an Gelegenheit. Und es gab nichts, womit er seine Schandtaten aufwiegen konnte. Selbst die vordergründig altruistische Suche nach dem vermißten Rudi entsprang eitlem Eigennutz. War sein Sündenfall die unausweichliche Konsequenz, weil er sein Zimmer verlassen und sich dem Leben ausgeliefert hatte? Hatte man nur die Wahl, entweder in stiller Meditation zu Hause zu sitzen oder hinauszugehen und unweigerlich zu freveln? War dies das Dilemma des modernen Lebens, ja des Lebens schlechthin?

»Eeeeschna!« Ein Niesanfall ließ Paul aus seinen trüben Gedanken aufschrecken. Offenkundig hatte er etwas verpaßt, denn Frank wurde gerade von Victor mit Paketband fixiert, während Kathrina versuchte, die Gewalt über das Auto zu behalten.

»Auaa.« Franks letzte Gegenwehr hatte Kathrina getroffen, nun aber war er fest mit dem Beifahrersitz verklebt.

»So.« Victor war sichtlich zufrieden.

»Bist du jetzt völlig durchgedreht?« schrie Kathrina.

»Mach ihn sofort wieder ...«

»Ruhe! Du bist jetzt still! Sonst ...« Hier schien Victor mit seinem Latein am Ende.

»Sonst?«

»Sonst ...« Victor hob das Paket. So leicht würde er sich seinen Sieg nicht nehmen lassen. »Sonst sprenge ich uns alle in die Luft. Das hier ist voller Sprengstoff. Dynamit. Nitroglyzerin. Und außerdem ist das ganze Auto voller Drogen. Bis unter die Radkappen. Stimmt's, Paul?«

»Mhm.« Paul lehnte sich zurück. Er hatte recht gehabt, es gab nur die eine Wahl, und Victor hatte die Entscheidung getroffen. Eigentlich konnte er zufrieden sein: Vor wenigen Tagen erst hatte er beschlossen, sein Leben zu ändern. Das war ihm gelungen. Aber wie? Er entführte ein Auto, das er vorher mehr oder weniger gestohlen und zudem weitgehend zerstört hatte. Nie zuvor hatte er ein Vorhaben so zielstrebig umgesetzt – und die Folge war ein katastrophales Desaster. Und noch etwas bereitete ihm Sorgen: Die Schilder am Straßenrand machten unmißverständlich klar, daß sie in wenigen Kilometern die italienische Grenze erreicht haben würden.

Vierunddreißig

Luigi kaute gedankenverloren auf seiner Unterlippe herum. Seine Gedanken kreisten wie so oft um die ruhmreiche Vergangenheit seiner Väter und Väter Väter. Alle hatten sie dort gestanden, Generationen von Zöllnern, an der uralten Paßstraße zwischen Castasegna und Chiavenna. Nur er, ausgerechnet er, mußte sein ödes Dasein an der neuen Umgehungsstraße fristen. Die glorreichen alten Zeiten! Damals war der Schmuggel nicht nur Geschäft. Der Reiz der Gefahren, die halsbrecherischen Wanderungen durch tiefe, nebelverhangene Schluchten und über sturmumtoste Bergkämme – es war Sport. *Ihr* Sport: Zöllner gegen Schmuggler, Schmuggler gegen Zöllner. Wie viele mit schweren Säcken beladene Schurken hatte sein Großvater über die Klippen der menschenfeindlichen Bergwelt verfolgt. Wie oft hatten sie über Kimme und Korn den Schleichhandel im Visier gehabt. Und wenn ein Schmuggler erlegt war, hatten sie, alter Sitte folgend, eine Kerbe in den Küchentisch geschlagen. Heute erinnerten nur noch diese Kerben an jene Zeit. Der Schmuggel an der Grenze zwischen der Schweiz und Italien hatte eine lange Tradition. Doch die Traditionen verkümmerten, und ausgerechnet er, Luigi, hatte das Pech, in diesem nüchternen Zeitalter zu leben. Wie gerne hätte er getauscht! Doch alles Klagen half nichts. Da stand er nun tagein, tagaus an der neuen Umgehungsstraße. In hundert Jahren würden seine Enkel ihn vielleicht sogar darum beneiden. Wer konnte schon sagen, ob es dann überhaupt noch Grenzen gab? Dieses verdammte Europa konnte Luigi gestohlen bleiben, aber wen interessierte schon die Meinung eines einfachen Graubündner Grenzbeamten. Was würden seine Enkel dereinst schwelgen: Euch ging es damals noch gut. Ihr konntet an der neu ausgebauten Umgehungsstraße flanieren, gefahrlos eure schmucke Uniform zur Schau tragen, hattet ein gutes Einkommen und eine sichere Beteiligung an den Gewinnen der mazedonischen Zigarettenmafia. So würden sie sprechen, wenn er alt und grau war. Doch er war dazu verdammt, auf ewig mit neidvollem Blick auf die Kerben im Küchentisch zu blicken. Wie gerne hätte er wenigstens *eine* hinzugefügt!

Kathrina war sich ausgesprochen unsicher. Bislang hatte sie Victor und Paul in die Rubrik »harmlose Spinner« eingestuft, doch plötzlich hatte Victor dieses merkwürdige Flackern in den Augen. Sollte sie sich tatsächlich in der Gewalt skrupelloser Kapitalverbrecher befinden? War sie die Lenkerin eines mit Drogen und Sprengstoff beladenen Kurierfahrzeugs der Cosa Nostra? Waren Victor und Paul in Wirklichkeit toughe Typen, gnadenlose Auftragskiller, Drogenkuriere ohne Moral und Gesetz, die sich im Gewand harmloser Unscheinbarkeit jeglichen Argwohns entzogen? Und wenn es so war, was bedeutete das für sie? War das vielleicht ihre langersehnte Chance, die Chance, endlich ins Fernsehen zu kommen und die Welt von ihren zahlreichen Talenten zu überzeugen? Wenn dem so war, dann mußte sie handeln. Mit dem Handy per SMS die Presse informieren. Am besten die Privatsender. Als Fahrerin war sie ohnehin in der besten Position. Immer groß im Bild. Sie mußte gelassen wirken, vielleicht ab und zu rauchen und in den Interviews nach ihrer spektakulären Befreiung in schillernden Farben von ihrer Entführung an der Raststätte bis zum endgültigen Schlußpunkt der Irrfahrt durch drei Staaten berichten. Danach war ihr eine Karriere im Fernsehen gewiß. Mit spitzen Fingern angelte sie ihr Handy aus der Handtasche und versteckte es in ihrem Stiefel. An der Grenze würde sie sich ruhig verhalten.

Frank war wie eine Mumie mit Klebeband umwickelt, nur Nasenlöcher und Augen hatte Victor generös freigelassen. So konnte Frank durch den schmalen Schlitz die kleine Grenzstation erspähen, der sie sich näherten. Und auch den Zöllner, der davor stand. Der Mann in Uniform machte ihm Hoffnung. Seit jeher hatte er ein fest verwurzeltes Vertrauen in Recht und Gesetz. Nicht zuletzt deswegen hatte er ja auch Jura studiert. Doch was nutzte ihm jetzt seine umfassende Kenntnis des globalen Wirtschaftsrechts? Der Sprengstoff machte ihm Sorgen.

Victor war zufrieden. Der Tennisexperte gab endlich Ruhe. Auch Kathrina schwieg. Er hatte sich das selbst gar nicht zugetraut, doch seine Anweisungen wurden befolgt. War es seine Stimme? Der entschlossene Blick? Oder hatte sie allein der Inhalt seiner Botschaft zum Schweigen gebracht? Fest stand, daß er jetzt die Führung der Reisegruppe übernommen hatte, und die, das schwor er sich, würde er so schnell nicht mehr abgeben. Diesmal nicht. Sein Leben lang hatte er auf Probleme mit Rückzug reagiert. In seiner Wohnung war er nur geblieben, weil ihn dort niemand belästigte. Seine Arbeitsplätze, Freundschaften und Beziehungen zu Frauen scheiterten regelmäßig an seinem mangelhaften Durchhaltevermögen. Das einzig Konstante in Victors Leben waren die regelmäßigen Besuche im *Dubrovnik* und die Freundschaft zu einem ostasiatischen Paarhufer im Zoologischen Garten. Bisher hatte ihm das gereicht. Doch seit er Paul kennengelernt hatte, war alles anders. Gemeinsam waren sie in den letzten Tagen durch die Hölle gegangen. Abenteuer auf Autobahnen und in Wäldern, ja sogar die Schweiz, lagen hinter ihnen. Sie hatten Auszehrung und Krankheit überstanden, technische Hindernisse und soziale Spannungen überwunden und das Wichtigste: sie hatten eine Mission. Sollte die auch noch so sinnlos sein, sie würden sie erfüllen. Diesmal würde er nicht zurückweichen und sich kampflos dem Schicksal ergeben. Diesmal nicht! Mit festem Griff umfaßte er das Paket mit der tödlichen Fracht. Diese Grenze konnte sie nicht aufhalten. Italien! Sie fuhren nach Italien. Und danach würde er seine Mutter anrufen.

Luigi wurde von einem knatternden Motorengeräusch aus seinen trüben Gedanken geschreckt. Wie konnte so ein kleines Auto solch ein entsetzliches Getöse von sich geben. Auch die Farbe war schrecklich. Lila! Die Menschen kamen auf wundersame Ideen. Sie rissen Grenzen nieder, bauten Umgehungsstraßen – und wofür? Für häßliche lila Kleinwagen mit stotternden Motoren. Fortschritt sah anders aus. Dennoch war es eine angenehme Abwechslung beim Auf- und Abgehen. Er würde das Gefährt anhalten, die Subjekte visieren und sich alle weiteren Schritte vorbehalten, das war schließlich sein gutes Recht, ja: seine Pflicht! Immerhin war er der Zöllner!

Der Kleinwagen kam ruckelnd zum Stehen. Luigi war enttäuscht. Die Insassen sahen nicht nach »professionell operierenden Tätergruppierungen« aus, vor denen der Comandante immer wieder warnte. Die zeichneten sich durch hohe Mobilität aus. Wer immer diese Leute hier waren, besonders mobil wirkten sie nicht. Mit viel Glück würden sie es abwärtsrollend bis zum Lago di Como schaffen, auf keinen Fall weiter. Die Fahrerin grinste ihn debil an, der Beifahrer regte sich überhaupt nicht. Das konnte er auch nicht, denn er war mit Klebeband am Beifahrersitz arretiert. Auf der Rückbank lehnte ein offensichtlich stark verschnupftes neben einem stark verschmutzten Individuum. Das Wageninnere roch nach Pilzen und Bier. Hier war etwas faul. Luigi dachte an den Comandante, der den Gebrauch von Schußwaffen ablehnte und statt dessen einen ausführlichen Bericht erwartete, der mit der neuen Software zu erstellen war und zu nichts führte. Jedenfalls nicht zu einer Kerbe im Küchentisch. Luigi beschloß, seine Pflicht zu tun – seine Pflicht und nicht mehr: »Führen Sie Waffen oder Drogen mit sich?«

Die Frau am Steuer sagte nichts. Sie streckte ihm einen deutschen Reisepaß entgegen und begann verschwörerisch zu nicken.

Auch das noch: Spaßvögel. Konnten sie nicht einfach mit ›nein‹ antworten, wie alle anderen auch? War er nicht damit ausreichend gestraft, daß man ihn an die Umgehungsstraße versetzt hatte? Mußten sich die Reisenden zusätzlich an seinem Elend weiden? Mißmutig beäugte Luigi den Reisepaß. Gültig. Zum Glück. Endlich konnte er dieses unwürdige Schauspiel beenden, sich in die Asservatenkammer seines Zollhäuschens zurückziehen und in Frieden beschlagnahmte Zigaretten rauchen.

»Weiterfahren«, beschied er.

Das Auto rührte sich nicht.

»Weiterfahren!« wiederholte Luigi ein wenig strenger.

Wieder nichts. Keine Reaktion.

»Haben Sie mich nicht verstanden? Weiterfahren, Sie halten den ganzen Betrieb auf!« Luigi war erzürnt. Auch wenn weit und breit kein anderes Auto zu sehen war, er würde sich von diesen Witzfiguren doch nicht auf der Nase herumtanzen lassen. »Auf geht's. Gasgeben – das ist das rechte Pedal!« fügte er bewußt frauenfeindlich hinzu.

»Es geht nicht«, antwortete Kathrina kleinlaut.

»Wie? Es geht nicht?«

»Er springt nicht mehr an.«

»Dann lösen Sie die Handbremse.« Kathrina tat, wie ihr geheißen. Der stämmige Zöllner verschwand am Heck des kleinen lila Autos und gab ihm einen heftigen Stoß.

Sollten sich doch die Italiener mit diesen Spaßvögeln rumärgern, dachte Luigi, als er dem anrollenden Fahrzeug auf der abschüssigen Umgehungsstraße nachsah. In Chiavenna ging es wieder bergauf. Spätestens dort würden sie schon zum Stehen kommen.

Fünfunddreißig

»Aaaaaaaaaaaaaaah.«

Das kleine lila Auto war am Ende seiner Kräfte: Der Öldruck auf dem Minimum, die Batterie fast leer, das Getriebe litt an akuter Arthritis, und der Motor stand kurz vor dem Infarkt. Es war müde und wollte nach Hause, zurück zu Marguerite. Dort hatte es jahrelang ein geruhsames Leben geführt, das seinen bescheidenen Fähigkeiten angemessen war. Doch in den letzten Tagen hatte es mehr Demütigungen hinnehmen müssen als je ein Auto zuvor: Es war mit Ästen geschlagen, mit Flaschen beworfen, mit Füßen getreten und überhaupt mit äußerster Mißachtung behandelt worden. Daß nun auch noch ein unerträglicher Schnösel an seinem Beifahrersitz festgebunden war, brachte das Faß zum Überlaufen, und als sie an der Grenzstation anhielten, war es fest entschlossen, keinen Meter weiter zu fahren. Doch zu seiner großen Überraschung fand es sich nun in ungebremster Schußfahrt auf der steilen Paßstraße hinab nach Chiavenna.

»Aaaaaaaaaaaaaaah.«

»Ohmeingottohmeingottohmeingott.«

»Bremsen! Verdammt! Bremsen! Lenken! Bremsen! Verdammt!«

»Hmmmmmmpf.«

Das kleine lila Auto mobilisierte seine letzten Reserven. Es hing bereits mit zwei Rädern über dem Abgrund (eigentlich sollte sich an dieser Stelle eine Leitplanke befinden, hätte sie nicht eine der Schmugglerbanden vor zwei Jahren abmontiert und in den italienischen Süden verscherbelt), als sein Motor doch noch einmal ansprang, Lenkung und Bremskraftverstärker wieder zum Leben erwachten und gemeinsam das Auto mit einem Ruck zurück auf die

Straße katapultierten. Von nun an ging es in verzweifelter Fahrt bergab, Kilometer um Kilometer, immer zwischen Steilhang und Abgrund. Ohne daß Kathrina hinterher hätte sagen können, wie, erreichten sie nach einer halben Ewigkeit Chiavenna. Das kleine lila Auto steuerte zielstrebig auf den erstbesten Parkplatz zu, schoß in eine Parklücke und erstarb mit einem leisen Seufzer.

Sechsunddreißig

»Gut.« Marguerite lehnte sich zurück. Angelika und Ulrike sahen sich erleichtert an. Das Gewitter war zu Ende. »Und was machen wir jetzt, Schätzchen?«

»Wir könnten …«

»Was hältst du von ein paar Entspannungsübungen?«

»Wir haben tolle Musik von tibetischen Mönchen.«

»Und wir könnten dazu tro…«

»Keine Trommeln!« Marguerite schlug mit der Faust auf den Tisch. »Habt ihr mir eigentlich zugehört? Hier. Wird. Nicht. Mehr. Getrommelt. Wir haben doch gesehen, wohin das führt. Und keine tibetischen Mönche!«

»Aber …«

»Was …«

Angelika und Ulrike waren verunsichert. Trommeln gehörte seit Jahren unverzichtbar zum Standardprogramm der Beratungsstelle. Schließlich verstanden sie sich doch als schamanisches Zentrum, das Frauen durch die Entdekkung ihrer Spiritualität zu sich selbst führen sollte. Und ohne Trommeln … Was hatte Marguerite vor?

»Ich sag euch, was wir machen. Wir hören jetzt laute Musik, trinken Bier und tanzen. Und wenn ich Musik sage, dann rede ich nicht von dämlichen Trommeln, Flöten und obskuren Saiteninstrumenten mit zu langem Hals. Verstanden? Okay. Angelika, du besorgst Bier. Ich kümmere mich um die Musik. Und Ulrike räumt die Matten aus dem Yoga-Raum.«

PARKPLATZ

Siebenunddreißig

Die erste, die die Sprache wiederfand, war Kathrina, die immer mehr Gefallen an ihrer Rolle als Geisel entwickelte. Das war ihre Chance, und die Höllenfahrt am Rande des Abgrunds würde sich in Talkshows besonders dramatisch erzählen lassen – klang *Am Rande des Abgrunds* zu abgedroschen? Besser *Kathrina – Begegnung mit dem Tod*? Nein, das war ein Titel für den Großen *Sat.1*-Film. Für eine Talkshow kam eher ein schlichter Titel in Frage: *72 Stunden Angst*. Aber noch war es nicht so weit, noch lag jede Menge Arbeit vor ihr.

»Okay, wir sind in Italien. Wo wollt ihr jetzt hin? In den Süden? Sizilien? Neapel? Oder Mailand?«

Von der Rückbank kam keine Antwort. Als Kathrina sich umdrehte, sah sie Victor schwer atmend an das Paket gepreßt, während Paul sich kreidebleich an Victor klammerte. Mein Gott, die beiden würden ihr doch jetzt nicht schlappmachen!

»Hey. Reißt euch zusammen! Alles ist okay. Ihr habt's fast geschafft. Wir sind in Italien. Ihr müßt mir nur noch sagen, wo ihr hinwollt.«

»Egal.« Die Verzweiflung, mit der Victor das Paket umklammerte, bestärkte Kathrina in der Überzeugung, daß es etwas Gefährliches, zumindest aber etwas äußerst Wichtiges enthielt. Sprengstoff. Drogen. Plutonium. »Fahr einfach. Aber bitte langsam.«

Kathrina drehte den Schlüssel im Zündschloß, aber das kleine lila Auto blieb stumm wie ein toter Hund. Von draußen hörte man Vögel in der Abenddämmerung singen. Hinter den Bergen ging gemächlich die Sonne unter. Kathrina drehte weiter den Schlüssel, aber auch diesmal blieb das Auto stur.

»Fahr weiter.« Victor hatte die Nase gestrichen voll. Er wollte diese Geschichte endlich zu Ende bringen. Kathrina sollte sie irgendwohin fahren, irgendwohin, wo Italien wirklich Italien war, und nicht voller Berge und grauer Häuser, am besten ans Meer, und dann würden sie alles aufklären, und Kathrina würde verschwinden. »Fahr endlich weiter.«

»Es geht nicht.« Kathrina stocherte weiter mit dem Schlüssel im Zündschloß. »Euer Auto ist ziemlich am Ende.« Erschrocken stellte sie fest, daß das auch das Ende ihrer Geschichte sein konnte. Ein Ende, das in der Talkshow schlecht ankäme. »Tja, Kathrina, das hört sich wirklich schlimm an, aber glücklicherweise hatten die Entführer ja dann eine Autopanne und haben aufgegeben. Und jetzt begrüßen wir Heike, die drei Jahre in der Gewalt sizilianischer Drogenhändler zugebracht hat. Applaus für Heike!« Nein, so durfte der Showdown der Geschichte nicht aussehen!

»Aber das ist sicher nicht so schlimm. Das kann man bestimmt reparieren«, meinte sie. »Das ist wahrscheinlich nur der ... der Vergaser.«

»Du kennst dich mit Autos aus?« fragte Victor verblüfft.

»Klar.« Kathrina spürte, daß sie die Initiative ergreifen mußte. »Du steigst mit mir aus, wir reparieren den Vergaser, und Paul bleibt mit der ... mit dem Paket im Auto. Zur Sicherheit.« In der Talkshow würde das der emotionale Höhepunkt: »Kathrina, die Psychologen nennen dies das Stockholm-Syndrom: Die Geisel identifiziert sich mit den Entführern und versucht ihnen sogar zu helfen. Kannst du darüber reden?« Natürlich würde sie darüber reden können, und wie. Aber erst mal mußte sie Zeit gewinnen, um ihre Entführer hinzuhalten und die Medien zu informieren. Auch wenn sie keine Ahnung hatte, wie ein Vergaser aussah und wofür er gut war.

»Tja«, meinte sie, über den Motor gebeugt, während sie wahllos an allerlei Schläuchen und Kabeln herumruckelte. »Schwierig, aber zu machen. Aber was Genaues kann ich erst sagen, wenn es hell wird.« Als Victor sie ungläubig ansah, fügte sie hinzu: »Wahrscheinlich ist der Vergaser verrostet, und deshalb ist der Ansaugstutzen kollabiert. Morgen früh kann ich dir mehr sagen.« Zum ersten Mal war sie dankbar, daß ihre Freunde gern über Autos redeten. Sie hörte dann zwar nie zu, aber etwas war von dem Geschwafel offensichtlich doch hängengeblieben. Victor jedenfalls schien ihr zu glauben. Er stieg wieder ins Auto und debattierte mit Paul. Man müsse nun unbedingt Ulrike informieren, hörte sie ihn sagen. Paul war zunächst anderer Meinung, er schien sich sogar ein wenig davor zu fürchten. Ulrike mußte ihre Auftraggeberin sein. Eine Frau als Kopf internationaler Drogenkuriere – das würde ihrer Geschichte den letzten Schliff geben. Schließlich gab Paul nach, und Victor machte sich auf die Suche nach einem Telefon. Daß Kathrina ein Handy besaß, hatte er offenbar völlig vergessen. Ihr war das nur recht, denn sie mußte dringend eine SMS verschicken.

Achtunddreißig

»*I 'VE GOT ALL MY LIFE TO LIVE AND I 'VE GOT ALL MY LOVE TO GIVE* ... Kommt, Mädels, bewegt euch! Los! ... *I WILL SURVIVE, HEY HEY* ... Angelika, das ist Musik, kein Yoga, also beweg deinen Arsch ein bißchen schneller! *KEPT TRYIN' HARD TO MEND THE PIECES OF MY BROKEN HEART.*«

Ulrike war überrascht, wie gut sie sich fühlte. Sogar mit dem Bier konnte sie sich anfreunden. Immerhin gab es Bier seit Tausenden von Jahren, ein uraltes Rezept, nur aus natürlichen Zutaten, ein Heilmittel. Genau, ein uralter Heiltrank, beruhigend und anregend zugleich. Und dann die Musik ... Ulrike fühlte, wie sie sich allmählich in Ekstase tanzte, was die Kompositionen der tibetischen Mönche und indianischen Geistheiler bisher nie geschafft hatten, und vielleicht würde sie sogar singen. Allmählich verstand sie, worauf Marguerite hinaus wollte. Moderner, mitteleuropäischer Schamanismus.

Neununddreißig

»HILFE BIN VON KALTBLÜTIGEN DROGENKURIEREN VERSCHLEPPT WORDEN DIE GANGSTER SIND BEWAFFNET SPRENGSTOFF KEINE BULLEN LILA AUTO GRENZE ITALIEN CHIAVENNA BLUT HILFE«

Einhundertsechzig Zeichen. Mehr konnte dieses lahme Handy nicht verschicken. Mehr wäre aber ohnehin nicht möglich gewesen, denn Victor war bereits wieder im Anmarsch. Kathrina drückte auf ›Nachricht senden‹. Zum Glück hatte sie einmal ein Praktikum bei einem Privatsender gemacht und die Handynummern einiger Redakteure noch gespeichert. Für alle Fälle. Die Situation gab ihr Recht.

»Gib mir das Telefon.« Victor war gereizt. Verzweifelt hatte er eine Telefonzelle gesucht, schließlich auch eine gefunden, zu seinem Leidwesen jedoch feststellen müssen, daß es sich um ein dämliches Kartentelefon handelte. Europa wächst zusammen, dachte er, aber für jedes beschissene Telefon braucht man eine andere Karte. Kartentelefone, eine Erfindung des Satans, flächendeckend eingeführt, um die Menschheit heimzusuchen. Was war eigentlich so schlecht an Kleingeld? Gerade jetzt, wo doch alle dasselbe hatten, bis auf die Schweiz. Ach ja, die Schweiz, dachte er und schüttelte verdrossen den Kopf. Doch er würde sich nicht unterkriegen lassen. Auf dieser Reise hatte er mit so vielen Prinzipien gebrochen, da würde es auf eine weitere Aufweichung seiner Überzeugungen auch nicht mehr ankommen: Victors erstes Gespräch per Handy. Mißmutig musterte er das winzige Ding. So viele Tasten. Mikroskopisch klein. Da wurden die Menschen Jahr für Jahr größer, aber niemand kam auf den Gedanken, die einfachsten Gebrauchsgegenstände dieser Entwicklung anzupassen. In wenigen Jahren waren Telefone vermutlich nicht mal mehr mit dem bloßen Auge zu erkennen. Angewidert reichte er das Gerät an Kathrina zurück. »Paul, gib Kathrina Ulrikes Nummer. Sie soll das eintippen.« Kathrina war begeistert: Ulrikes Nummer! Sie hatte die Nummer der unbekannten Dritten, der Auftraggeberin, der Patin, und keiner würde merken, daß sie die Nummer speicherte. Nach ihrer Befreiung durch die internationalen Medien konnte die Show also weitergehen. Die Jagd auf Ulrike. Und Kathrinas Handy war der Schlüssel dazu.

»Müssen wir Ulrike denn wirklich anrufen?« Paul stand der Unwille ins Gesicht geschrieben. »Kathrina kann das Auto doch morgen einfach reparieren, und dann wäre doch alles so wie vorher. Ich meine, Ulrike muß doch nicht unbedingt erfahren, daß ...«

»Paul, wir haben das doch vorhin alles besprochen. Die Karre ist am Ende, und ich bin der Meinung, daß Ulrike das wissen sollte, schließlich haben wir das Auto von ihr.«

Kathrina spürte, daß es Zeit war einzugreifen, wenn sie die Nummer haben wollte. »Ihr solltet auf jeden Fall anrufen«, sagte sie ein wenig überstürzt. »Vielleicht müßt ihr ja nicht unbedingt erwähnen, daß ihr in Schwierigkeiten steckt, ich meine die Sache mit dem Auto. Das kriege ich schon hin.« Flehend schaute sie die beiden an. Paul war nervös. Diese Ulrike schien wirklich die Ausgeburt des Bösen zu sein. Allein die Erwähnung ihres Namens verbreitete Angst und Schrecken. Selbst Victor wirkte verunsichert, als er Paul anwies: »Gib Kathrina einfach die Nummer. Ich werde das schon irgendwie hinkriegen.«

»Wenn du meinst.« Zögernd diktierte Paul die Zahlenkombination.

Kathrina tippte, was das Zeug hielt. Das war gerade noch mal gutgegangen.

Victor zog sich mit dem Handy zurück – er hatte keine Lust, daß Kathrina sich auch noch in das Telefonat mit

Ulrike einmischte. Das Freizeichen ertönte. Nach dem elften Klingelton wurde endlich abgenommen.

»Hallo Ulrike, ich bin es, Victor.«

»Junge! Endlich!«

»Ulrike?«

»Victor, ich bin es, deine Mutter.« Um Himmels willen, wie war das möglich? Wieso hatte Victor seine Mutter am Telefon? Was machte sie bei Ulrike? Hatte sich die ganze Welt gegen ihn verschworen, oder war das einfach die falsche Nummer? Doch woher kannte Paul die Telefonnummer seiner Mutter? Und wo, in Gottes Namen, mußte man dieses Telefon zuhalten, damit seine Mutter nicht mitbekam, wie er Paul anschrie? »Paul, welche verdammte Nummer hast du Kathrina da gegeben?« brüllte er über den nachtschlafenen Parkplatz.

»Jungelchen, Victor. Hallo! Wo bist du denn?«

»Ulrikes Nummer«, kam es irritiert vom Parkplatz zurück.

»Bist du dir sicher, Paul?«

»Natürlich bin ich mir sicher, ich habe schließlich dieselbe!«

»Victor, wer ist dieser Paul? Und wo bist du? Deine Freundin ist schwanger. Sie braucht dich doch jetzt. Und das Kind auch. Victor, du mußt sofort nach Hause kommen! Du kannst dein Kind doch nicht allein lassen. Nicht in diesem Alter …«

»Mutter, das Kind ist noch nicht mal auf der Welt, da kann ich es sehr wohl allein lassen.« Victor wußte nicht, warum er es getan hatte, aber er hatte es getan. Und als es ihm bewußt wurde, war es zu spät. Er hatte sich schon wieder auf eine Diskussion eingelassen, schlimmer noch, auf eine Diskussion mit seiner Mutter.

»Gerade jetzt, während der Schwangerschaft, ist die

Anwesenheit des Vaters am wichtigsten. Diese kleinen Lebewesen bekommen das alles mit, glaub mir Victor, das war bei dir ganz genauso.«

»Aber ich bin nicht der Vater!« protestierte Victor entschieden.

»Das hat Alfons bei dir auch gesagt. Das ist ganz natürlich. Er ist ja damals auch weggefahren. Nach Argentinien. Ich weine heute noch, wenn ich die Bilder sehe. Aber diese Reise hat ihm ungeheuer viel bedeutet. Als er zurückkam, hatte er so viel zu erzählen, und glaube mir, davon hast du sicher auch etwas mitbekommen, ich meine natürlich unterbewußt. Victor, ich bin ja so glücklich! Du hast mir deine Freundinnen ja nie vorgestellt, aber diese Ulrike macht einen guten Eindruck. Und sie hat so wundervolle Teemischungen in der Wohnung ...«

»Mutter, ich ...«

»Ach Junge, ich wußte es ja immer. Da muß nur die Richtige kommen, und mein Victor wird solide. Ich hatte mir schon solche Sorgen gemacht. Nicht, daß du das jetzt falsch verstehst, wir sind ja tolerant, aber eine Zeitlang dachte ich schon, mein Junge ist homo... Also, du weißt schon, eben anders. Aber jetzt hast du ja deine Ulrike. Victor, komm bitte heim! Wir freuen uns schon so auf dich.«

Schwul? Das war die Lösung! Victor dachte angestrengt nach. Der Redeschwall seiner Mutter konnte nur durch einen heftigen Schock beendet werden. Warum sollte er dafür nicht lügen? Die Wahrheit würde sie ihm ohnehin nicht glauben. Je länger Victor darüber nachdachte, desto schwuler wurde er. Natürlich: Schwule setzten keine Kinder in die Welt, frauenberatende Frauen waren ihnen ebenso fremd wie das Präsentieren passabler Schwiegertöchter, und alle aufgeklärten Menschen und jene, die sich dafür hielten, mußten tolerant und verständnisvoll auf sie reagieren.

»… ein Zimmer in Ulrikes Wohnung steht ja vollkommen leer. Da könnt ihr dann das Kinderzimmer einrichten. Am besten, ihr kauft ein Lammfell, du weißt schon, diese weichen Felle, die es heute überall gibt. Da liegen Kinder sehr bequem drauf und werden immer warmgehalten. Ich habe mich da schon umgeseh…«

»Ich bin schwul!«

»Die gibt es am billigsten bei … Du bist was?«

»Schwuuul!« brüllte Victor verzweifelt über den Parkplatz. »Und Paul ist mein Freund«, fügte er der Glaubwürdigkeit halber hinzu.

»Dann bist du nicht der Vater?« kam es kleinlaut zurück.

»Nein!«

»Und du bist dir sicher?«

»Absolut. Frauen interessieren mich nicht die Bohne. Und Kinder schon gar nicht.«

»Junge …«

»Mutter, jetzt hör mir mal kurz zu. Wir sind in Chiavenna an der italienischen Grenze und haben ein Problem mit dem Auto. Sag Ulrike, daß sich unsere Heimfahrt ein wenig verzögert. Ansonsten geht es uns gut, wir verfolgen da eine heiße Spur. Sie soll sich keine Sorgen machen. Ich rufe dann wieder an.«

»Aber Junge …«

»Ich muß jetzt leider auflegen, das äh, das Kleingeld ist alle. Mach dir keine Sorgen, Mutter, mir geht es gut. Ach ja, ich soll dich von Paul grüßen. Tschüß.«

Mit einem zufriedenen Grinsen beendete Victor das Gespräch. Diese Runde war eindeutig an ihn gegangen.

Vierzig

»AND SO YOU 'RE BACK ... FROM OUTER SPACE ...«

Victors Mutter versuchte, den Anblick, der sich ihr in der Frauenberatungsstelle bot, mit dem in Einklang zu bringen, was ihr Sohn ihr gebeichtet hatte. Diese drei Frauen, unter denen sich ihre künftige Schwiegertochter nun vielleicht doch nicht befand, tanzten wie besessen, sangen und schwenkten Bierflaschen. Sie schienen auch ein bißchen betrunken zu sein. Vorsichtig klopfte sie an den Türrahmen.

»I JUST WALKED IN TO FIND YOU HERE WITH THAT SAD LOOK UPON YOUR FACE.«

»Entschuldigung.«

»I SHOULD HAVE CHANGED THAT STUPID LOCK, I SHOULD HAVE MADE YOU LEAVE YOUR KEY.«

»Ent-schul-digung!«

»*IF I 'D HAVE KNOWN* ... Was?« Die drei Frauen hatten aufgehört zu tanzen, und die sehr kräftige mit den sehr kurzen Haaren, von der Victors Mutter gehofft hatte, sie jetzt nicht anzutreffen, deutete mit der Bierflasche auf sie. »Ulrike, gib der Frau ein Bier.«

»Ach. Nein. Danke.« Victors Mutter trat zögernd ein paar Schritte näher. »Ich wollte Sie ja gar nicht stören. Aber wenn Sie vielleicht eine Tasse Tee ...« Marguerites Blick gab ihr zu verstehen, daß jetzt offensichtlich nicht der passende Zeitpunkt für Tee war. »Es ist ja nur, weil der Junge, also Victor, er ist ja nun eigentlich kein Junge mehr, aber für mich ist er es natürlich immer noch, also als Mutter, als Mutter sehe ich ihn immer noch vor mir, wie er so klein war, aber Alfons, also mein Mann, hat ja auch immer gesagt, daß ich mich damit abfinden muß, daß der Junge kein

Kind mehr ist, und vielleicht liegt es ja auch daran, daß jetzt … daß jetzt … ach je, ich weiß gar nicht, was mit mir los ist, was müssen Sie nur von mir denken … ich hatte doch auch ein Taschentuch … danke, meine Liebe … also daß jetzt alles so gekommen ist, wobei ich ja manchmal auch denke, daß früher vieles so viel einfacher war, oder vielleicht hat man sich auch nur keine Gedanken darüber gemacht, es waren ja ganz andere Zeiten damals, aber heute sieht man ja auch so viel in den Talkshows und im Fernsehen, und jeder redet darüber, schon am Nachmittag, und manchmal denke ich ja auch, es ist jetzt vieles so viel einfacher für die jungen Leute als für uns damals, wobei für uns in unserem Alter natürlich auch vieles viel komplizierter geworden ist mit all der Technik und den Computern, da weiß man manchmal gar nicht mehr, worüber die Leute eigentlich reden …«

»Ja. Das zu verstehen fällt mir auch immer schwerer«, schnitt Marguerite den mütterlichen Redefluß ab. »Angelika. Ulrike. Schätzchen. Ich dachte, wir wären uns einig gewesen, was diese Frau hier …«

»Neinnein«, nahm Victors Mutter ihren Faden wieder auf. »Es ist doch nur, weil der Junge angerufen hat.« Befriedigt stellte sie fest, daß sich die Aufmerksamkeit wieder ganz ihr zuwandte. »Er ist in Italien, mit … mit Freunden, und es geht ihm gut, sagt er, obwohl ich nicht weiß, wie das Wetter ist, denn um diese Jahreszeit kann es ja schon noch recht kalt sein in den Bergen. Und ich soll Sie ganz herzlich grüßen. Und, ach so, ja, es gibt da wohl ein kleines Problem mit dem Auto. Deswegen kommt er erst …«

»Mit dem Auto? Mit *meinem* Auto? Er hat ein Problem mit meinem Auto?« Marguerite holte tief Luft. »Hat er gesagt, wo er ist?«

»Ja, doch, in … in … ich habe es mir aufgeschrieben, Moment. Hier müßte es sein … oder doch in der Handtasche … Ach je, ich habe den Zettel doch eingesteckt … oder habe ich ihn etwa auf dem Küchentisch … Sie haben übrigens so einen schönen Kefirpilz, Ulrike, da könnten Sie mir mal ein Stück … nein, hier ist er. Chiavenna. Er ist in …«

Marguerite riß Victors Mutter den Zettel aus der Hand und stürmte aus dem Zimmer.

Victors Mutter redete weiter, erleichtert, daß diese beunruhigende Frau nicht mehr da war. »… Chiavenna. Ich glaube, ich war mal mit Alfons ganz in der Nähe, das muß 1972 gewesen sein. Oder 73. Victor war da natürlich noch zu klein … Ach, Ulrike, jetzt wo wir unter uns sind, muß ich Ihnen noch etwas sagen, und Sie müssen jetzt ganz stark sein, denn … denn das Kind …« Sie kam nicht dazu, die Mitteilung zu vollenden, denn Marguerite kehrte zurück, mit einer Straßenkarte in der Hand.

»Chiavenna. Italien. Grenze zur Schweiz. Mit dem Auto sind wir in ein paar Stunden da.« Marguerite sah sich um. »Angelika bleibt hier und kümmert sich um die Beratungsstelle. Ulrike und ich nehmen Annegrets Alfa. Den braucht die Pute sowieso nicht mehr.« Marguerite warf einen abwägenden Blick auf Victors Mutter. »Und sie kommt auch mit. Aber wenn sie nicht aufhört zu reden, werfe ich sie eigenhändig aus dem Auto. Alles klar? Na dann. TOWANGAAAAAAAA!«

Einundvierzig

Italien. Er war wirklich in Italien. Auch wenn sich Paul eingestehen mußte, daß dies noch nicht das Italien war, das er sich ausgemalt hatte. Keine Zypressen, die im milden Abendlicht lange Schatten über sanftgewellte Hügel warfen, keine würzige Brise, die die Blätter der Zitronenbäume rascheln ließ, keine lichtdurchfluteten Marmortempel, keine bronzefarbenen Leiber an endlosen Stränden. Aber das würde sich auch noch finden, sie mußten einfach weiter, er und Victor, weit konnte es nicht mehr sein. Sicherlich gab es hier irgendeinen Bahnhof oder eine Busverbindung in den Süden. Kathrina, Frank und das Auto würden sie einfach hier zurücklassen. Der Gedanke an das Auto erinnerte ihn wieder an Ulrike, aber auch für diesen wollrocktragenden Alpdruck würde sich eine Lösung finden. Irgendeine. Vielleicht konnte er sie auch einfach vergessen, zum Beispiel mit Hilfe von viel Rotwein.

Doch jetzt mußte er sich erst einmal um dringlichere Probleme kümmern: Essen. Kathrina hatte ihm Geld gegeben und erwartete dafür einen »*Insalata con tutto*, aber ohne Schinken, und mit Sauce extra, Brot und eine *Pepsi Light*, und das bitte *pronto*«. Victor hatte ihm kein Geld gegeben, verlangte aber eine »Pizza mit allem, aber ohne Artischokken und Sardellen«. Und zwei Bier.

Seit einer Viertelstunde durchforstete Paul nun schon vergeblich das Gassenlabyrinth des Alpendorfes, bis er endlich ein Wirtshausschild entdeckte: *Da Cosimo*. Eine Tafel verhieß Pizza, Pasta und deutsche Küche »zur Zufriedenheit aller Gäste«. Paul studierte die vor der Tür installierte Speisekarte und rechnete aus, wie viel von Kathrinas Geld nach dem Erwerb von Salat, Pepsi, Pizza und Bier für ihn übrigbleiben würde. Während er noch überlegte, ob er sich für *Cotoletta Capri, Wurstel con Kraut* oder *Ossobuco milanese con tagliatelle verde* entscheiden sollte, öffnete sich die Tür und zwei Männer in schwarzen Lederjacken verließen die Pizzeria. Paul schaute ihnen nach: Der größere von beiden kam ihm irgendwie bekannt vor. Als sie um die nächste Ecke bogen, sah er ihn für einen kurzen Augenblick von der Seite und erstarrte vor Schreck: Es war der Mann in der schwarzen Lederjacke, der Fremde, der Victors Wohnung beobachtet hatte! Da gab es gar keinen Zweifel.

Zweiundvierzig

»*I LOVE ROCK'N' ROLL SO PUT ANOTHER DIME IN THE JUKEBOX, BABY – I LOVE ROCK'N' ROLL SO COME ON TAKE YOUR TIME AND DANCE WITH ME*«, grölte Marguerite aus voller Kehle mit. Ihre Hände umklammerten das vibrierende Lenkrad, die linke Spur gehörte ihr. »Hey, das ist gut, Mädels, *DADA DADA-DA DADA DADA*.« Laut jaulend imitierte sie den Lauf der verzerrten Gitarren. »Ulrike, Schätzchen, mach bitte das Radio lauter und gib mir einen Joint aus dem Handschuhfach. Annegret hat da immer welche deponiert. Und dann entspannt euch. Wenn wir mein Auto wiederhaben, fahren wir ans Meer und legen unsere Titten in die Sonne.« Seit Stunden ging das nun so. Victors Mutter hatte sich auf der schmalen Rückbank verschanzt und wagte kaum, die Augen zu öffnen. Angestrengt bemühte sie sich, die turbulenten Ereignisse der vergangenen Stunden in sinnvolle Zusammenhänge zu bringen. Sie war in dieses Auto gestiegen, soviel stand fest. Hatte man sie dazu gezwungen, sie unter Drogen gesetzt oder ihr mit Folter gedroht? Nein, vermutlich nicht, aber dennoch hatte sie das unbestimmte Gefühl, nicht freiwillig hier zu sein. Ein Blick auf den Tachometer des sportlichen Cabriolets untermauerte diese These. Hundertachtzig. Durchgehend. Alfons hatte sich eine Zeitlang mit Sportfliegerei beschäftigt, aus Angst vor der Geschwindigkeit war sie nie mitgeflogen. Aber sie flogen nicht, sie fuhren – beziehungsweise: *es* fuhr. Ein kurzhaariges, unförmiges, matronenhaftes Wesen umklammerte das Steuerrad und gab Urlaute von sich. Wilde Schreie, langanhaltende, undefinierbare Töne, entfernt an Walgesänge erinnernd. Das Autoradio war bis zum Anschlag aufgedreht und überdeckte, dem gütigen Herrn sei Dank, das meiste. Ein würziger Geruch hing in der Luft. Wie ein Nebel legte er sich über sie, hüllte ihre Gedanken und die letzten Reste ihres Verstandes in einen diffusen Schleier, durch den ein ernüchternder Blitz der Erkenntnis drang: Sie war eine Mutter, eine besorgte Mutter auf dem Weg zu ihrem homosexuellen Sohn.

Dreiundvierzig

Paul verharrte in geduckter Körperhaltung hinter einem spärlich bepflanzten Blumenkübel. Instinktiv hatte er diesen unzureichenden Schutz aufgesucht, doch der noch immer anhaltende Schrecken machte es ihm unmöglich, diesen Ort gegen einen anderen, passableren, zu tauschen. Besser ein schlechtes als gar kein Versteck. Sein Blick war noch immer starr auf jene Häuserecke gerichtet, um welche die Lederjacken tragenden Unbekannten entschwunden waren, und um die sie jederzeit zurückkehren konnten. Denn schließlich hatten sie ihn gesehen. Aber warum hatten sie sich dann nicht gleich auf ihn gestürzt, um ihn zu entführen und all die Geheimnisse aus ihm herauszupressen, die nicht einmal er selbst kannte.

Vorsichtig blickte er sich um. Kein Mensch in der Nähe. Nur hinter dem großen Schaufenster hatte sich ein kleiner Trupp schwarzhaariger Pizzabäcker versammelt. Auch Kinder und Frauen waren anwesend. Sie alle hatten offenkundig großen Spaß daran, ihm bei seinem wunderlichen Treiben zuzuschauen. Mit einem verlegenen Lächeln erwiderte Paul ihre Blicke. Auch die Pizzabäcker lachten freundlich. Ein kleines dickes Mädchen hatte sich besonders dicht an die Scheibe gedrückt und winkte Paul zaghaft zu, als er sich erhob, die Hose abklopfte und mit einem flüchtigen Gruß aus dem Blickfeld der Großfamilie verschwand.

Zurück zum Parkplatz, war sein erster Gedanke, als er sich wieder gesammelt hatte. Er mußte Victor informieren. Dieses kleine Voralpendorf war eher eine Gefahrenquelle als ein Schutz. Aber warum wurden sie verfolgt? Es konnte nur um das Paket gehen, denn aus welchem Grund sollte man ihm oder Victor sonst nachstellen? Aber wie hatte man sie hier finden können? Waren ihre Verfolger seit Anbeginn ihrer Reise nicht von ihrer Seite gewichen? Hatten sie sich etwa gemeinsam mit ihnen durch den finsteren Wald geschlagen, oder wurden sie aus dem Luftraum überwacht? Mit Satellitenanlagen aus dem Weltraum? All das war sicherlich möglich, aber auch verdammt unwahrscheinlich. Doch wie hätte man sie hier sonst aufstöbern sollen, grübelte Paul, schließlich entsprach ihre Reiseroute nach Italien nicht gerade der gängigsten Verbindung. Und auch wenn er einen großen Teil der Reise in Ohnmacht, Fieberwahn und geistiger Umnachtung verbracht hatte, wäre es ihm nicht trotzdem aufgefallen, verfolgt zu werden? Gut, die besonderen Umstände ihrer »Reise« sprachen nicht gerade für die Zuverlässigkeit seiner Wahrnehmungsfähigkeit, aber zumindest Victor oder Kathrina hätten etwas bemerken müssen. Hatten sie aber nicht. Es gab nur eine Erklärung: Ihre Beschatter hatten einen Peilsender. Irgendwo an dem kleinen lila Auto klebte ein Sender.

Vierundvierzig

»Guten Morgen. Mein Name ist Cristina, aber Sie können Tina zu mir sagen. Für die nächsten Tage bin ich Ihre Reiseleiterin auf unserer Erlebnistour *Historisches Italien in drei Tagen*, zu der ich Sie ganz herzlich begrüße.«

Victor öffnete die Augen und blinzelte verschlafen in die ersten Strahlen der aufgehenden Sonne. Eine Ansammlung munterer Rentner, die soeben einem Reisbus entstiegen waren, umringte das Auto – oder vielmehr das, was davon übriggeblieben war. Mit Hilfe von Thermoskannen voller Kaffee trotzten sie sowohl der Morgenkälte als auch den Ausführungen ihrer Reiseleiterin.

»Wir befinden uns hier in Chiavenna, das in die Geschichte eingegangen ist, weil hier im Jahre 1176 Kaiser Friedrich I. Herzog Heinrich den Löwen aufgefordert hat, mit ihm zusammen den oberitalienischen Städtebund und Papst Alexander III. zu vernichten.«

Das waren die Rentner von heute. Anstatt wie seine eigenen Großeltern zu Hause zu bleiben und bei Pfefferminztee und einem Schälchen Magerquark die Angebote der umliegenden Supermärkte zu sondieren, zerrten sie, zu allem entschlossen, ihre Hartschalenkoffer über die Kopfsteinpflaster zwischen Peking und Las Vegas und ergötzten sich schon am frühen Morgen an Geschichten von historischen Gemetzeln.

»Herzog Heinrich hatte jedoch andere Pläne, da er die Gebiete im sächsischen Osten unterwerfen wollte, und so forderte er von Kaiser Friedrich als Gegenleistung die Stadt Goslar zurück.«

Ja, so hat jeder seine eigenen Pläne, dachte Victor. Der eine will den Papst besiegen, der andere den Osten unterwerfen oder ersatzweise Goslar gewinnen. Und was wollte er, Victor? Was wollte er gewinnen? Warum war er hier? Sicherlich nicht, um Goslar zurückzuerlangen, das er im übrigen noch nicht einmal kannte, geschweige denn je besessen hatte.

»Da jedoch der Kaiser Goslar nicht preisgeben mochte, verweigerte Heinrich seine Unterstützung, so daß Friedrich allein die Stadt Alessandria belagern mußte.«

Die Belagerung von Städten stand nicht auf Victors Projektliste. Jedenfalls noch nicht. Wenn diese Reise so weiterging, wäre er jedenfalls nicht überrascht, sich bei der Erstürmung einer Stadtmauer zu ertappen. Er beschloß, sich seinen gegenwärtigen Problemen zuzuwenden. Paul schlief neben ihm auf dem Rücksitz. Er umklammerte immer noch das Motorteil, das er am Vorabend auf der Suche nach einem Peilsender gewaltsam dem Auto entrissen hatte. Die Erinnerung daran ließ Victor aufstöhnen. Paul war völlig aufgelöst – und ohne das bestellte Essen! – zurückgekehrt, hatte von schwarzen Lederjacken gefaselt und hartnäckig darauf bestanden, das Auto nach einem Peilsender zu filzen. Ein Peilsender! Victor schüttelte den Kopf. Paul hatte sogar darauf bestanden, die Sitze aufzuschlitzen, so daß sie nun in Haufen von Schaumstoff-Flocken und losen Metallfedern saßen. Er war erst zur Besinnung gekommen, als Kathrina ihn laut schreiend daran gehindert hatte, sie einer Leibesvisitation zu unterziehen. Paul war daraufhin schmollend im Auto verschwunden. Aufgrund seiner bisherigen Erfahrungen mit Frauen hatte Victor eigentlich erwartet, daß Kathrina daraufhin endlich – endlich! – die Flucht ergreifen werde, aber merkwürdigerweise hatte sie sich bei Paul entschuldigt und darauf bestanden, die Nacht mit ihnen zusammen im Auto zu verbringen. Jetzt könne sie Victor und Paul doch nicht im Stich lassen, denn ohne sie seien sie ja »praktisch aufgeschmissen«. Victor hatte es schon lange aufgegeben, Kathrina verstehen zu wollen. Dankbar registrierte er, daß sie noch schlief. Der Vortrag der Reiseleiterin war allerdings auch nicht gerade geeignet, jemanden aufzuwecken.

»Als Strafe für seine Verweigerung entzog der Kaiser Herzog Heinrich schließlich das Herzogtum Bayern, das er kurz zuvor im Jahre 1156 erst den mit Österreich entschädigten Babenbergern unter Herzog Heinrich II. Jasomirgott abgenommen hatte, und übertrug es 1180 dem Wittelsbacher Pfalzgrafen Otto.«

Jemand klopfte an die Scheibe. Eine mit einem leopardenfellgemusterten Parka bekleidete Rentnerin schwenkte fröhlich ihre Thermoskanne. Victor versuchte kurz, sich seine eigene Großmutter in dieser Aufmachung vorzustellen, nahm davon aber schnell wieder Abstand.

»Möchten Sie vielleicht etwas Kaffee?«

Jetzt wandten auch andere Rentner ihre Aufmerksamkeit dem Auto und seinen Insassen zu.

»Ach je. Haben Sie etwa im Auto geschlafen?«

»Wir haben auch noch belegte Brötchen. Allerdings noch von gestern abend. Aus Osnabrück.«

»Wir haben Sie doch nicht etwa geweckt?«

»Machen Sie auch eine Rundreise?«

»Was hat denn Ihr Freund?«

»Ja, gerne. Ja. Danke, das macht nichts. Neinnein. Nein. Er ist ... er hat sich den Nacken verrenkt und kann nur schlafen, wenn wir ihn festkleben«, versuchte Victor die auf ihn einstürmenden Fragen gleichzeitig zu beantworten. »Und außerdem schnarcht er.«

Die Rentner nickten verständnisvoll und reichten Pappbecher mit Kaffee und belegte Brötchen durch die Heckluke ins Auto. Die Reiseleiterin sah die Aufmerksamkeit für ihren Vortrag schwinden und resignierte: »Sie haben jetzt

Zeit für eine kurze Stadtbesichtigung. Bitte seien Sie in einer Stunde wieder hier. Wir fahren dann weiter nach Mailand, das 1162 von Kaiser Friedrich …«

Ihre weiteren Ausführungen gingen im erleichterten Aufbruch der Rentner unter, die zu dieser Stunde noch nicht sonderlich an der Zerstörung von Großstädten interessiert waren. Nach wenigen Minuten stand das Auto wieder verlassen auf dem Parkplatz.

»Was'n?«

»Uäääääh.«

»Mhmmpf.«

Auch die übrigen Insassen des lila Autowracks erwachten.

»Guten Morgen«, wünschte Victor. »Es dürfte euch überraschen, aber wir haben Kaffee und belegte Brötchen. Und könnten wir bitte aussteigen? Mein Sitz löst sich auf.«

Victor verteilte Kaffeebecher und Brötchen. In den nächsten Minuten hörte man nur Schlürfen und Schmatzen. Kaffeeduft und eine gewisse Zufriedenheit erfüllten den Parkplatz.

»Ich weiß ja nicht, wie es euch geht«, unterbrach Paul das Schweigen. »Aber ich würde mir jetzt gerne eine Toilette suchen. Was ist mit euch?«

»Mhmmmpf. MHMMMPF. MHMMMMMPFF!«

In diesem Moment bog mit quietschenden Reifen ein Cabrio auf den Parkplatz ein. Kathrina mußte sich bemühen, nicht laut zu jubeln. Ihre SMS war gelesen und ihre stillen Gebete waren erhört worden. Das Fernsehen war da! Aber wo war der Ü-Wagen?

Fünfundvierzig

Der Alfa-Romeo kam unmittelbar vor Kathrina zum Stehen, die – nachdem sie durch heftiges Winken auf sich aufmerksam gemacht hatte – auf die Knie niedersank, die Arme auf der glühenden Motorhaube verschränkte und in dieser Opferstellung ihrer Erlösung harrte. Hoffentlich erfolgte die schnell, denn die Motorhaube war verdammt heiß. Gut, daß noch keine Kameras hier waren, die Brandwunden an ihren Unterarmen wären später ein ideales Zeugnis der grausamen Mißhandlungen, denen sie während ihrer Entführung ausgesetzt war. Das mit Gurken dekorierte Eibrötchen würde sie geschickt verschwinden lassen. Da sich jedoch niemand um sie kümmerte, hob sie langsam den Kopf und starrte durch die Windschutzscheibe in das Fahrzeug ihrer Befreier. Was sie dort sah, machte sie nicht glücklich.

Dem schnittigen Cabrio entstieg eine recht unschnittige Person. Mit stürmischen Schritten eilte sie, Kathrina ignorierend, auf die Ruine des kleinen lila Autos zu. Kathrina löste ihre mittlerweile hummerfarbenen Arme von der Karosserie und beobachtete mit einer Mischung aus Faszination und Furcht das Schauspiel, das sich ihr bot. Die kalten Gurkenscheiben des Eibrötchens taten gut auf der Haut.

Victor und Paul hatten voller Verwunderung verfolgt, wie sich Kathrina, offenbar von plötzlichem Wahnsinn befallen, samt ihrem Brötchen vor ein fahrendes Auto geworfen hatte. Merkwürdigerweise schien dessen Fahrerin das überhaupt nicht zu interessieren. Statt dessen stürzte sie laut wehklagend auf das kleine lila Auto zu und starrte fassungslos auf die traurigen Trümmer.

»Penelope.« Zärtlich strich ihre Hand über die Motorhaube. »Wer hat dir das angetan?« Sie wischte sich eine Träne aus dem Augenwinkel und wandte sich dann an Paul und Victor: »Ihr zwei! Ihr seid diese hirnlosen scheiß Penner, die mein Auto geklaut haben. Was ist das«, donnerte sie, während ihr Zeigefinger auf den Pkw-Kadaver wies, »was ist das für eine Scheiße?«

Paul ließ vor Schreck seinen Pappbecher fallen und klammerte sich an Victors Arm. Victor hätte sich auch gerne irgendwo festgehalten, hatte aber nichts anderes zur Hand als das Osnabrücker Mettwurstbrötchen.

»Äh. Wir ...«

»Das ist ...«

»Das ist keine Antwort!«

Victor und Paul sahen sich nach einer Fluchtmöglichkeit um. Doch der Parkplatz hielt nur weitere Schrecknisse für sie bereit.

»Ulrike!«

»Mutter?«

»Sie ist schuld!« riefen Victor und Paul wie aus einem Mund und deuteten dabei in unterschiedliche Richtungen. Während Paul den ausgestreckten Zeigefinger auf Ulrike richtete und zu erklären versuchte, daß sie ihnen das Auto geradezu aufgezwungen habe, damit sie nach dem verschollenen Kindsvater fahnden konnten, wies Victor auf Kathrina. Diese Frau habe das Fahrzeug über weite Strecken geführt, es eigenwillig entwendet und sei somit ganz allein für dessen Zustand verantwortlich zu machen. Er und Paul seien genötigt gewesen, den größten Teil der Reisestrecke zu Fuß zu laufen und deshalb erst vor kurzem hier eingetroffen. Der beklagenswerte Zustand des Vehikels mache auch sie zutiefst betroffen. Paul begleitete Victors Ausführungen mit unsicherem Kopfnicken und deutete schließlich auf den ausgebauten Motorblock: »Den Motor habe ich schon überholt. Wenn man ihn nur wieder einbaut, also montiert, ich meine natürlich fachgerecht, dann ...«

»Die Zündkerzen waren ein Problem«, untermauerte Victor diese vollkommen haltlose These, »aber …«

»Scheiße! Ihr verdammten Penner habt mein Auto ausgenommen wie einen stinkenden Fisch, und dafür werdet ihr büßen«, drohte Marguerite in einem Ton, der keinen Zweifel am Wahrheitsgehalt ihrer Aussage zuließ.

Mit gesenkten Köpfen, hängenden Schultern und betretenen Mienen rückten Victor und Paul beiseite; bereit, für alles Unglück dieser Welt die Schuld auf sich zu laden, setzten sie sich am Straßenrand nieder und erwarteten ihre gerechte, aber hoffentlich milde Strafe. Das Urteil war zumindest gefällt: schuldig in allen Punkten der Anklage. Als Henkersmahlzeit gab es Mettwurstbrötchen.

»Junge, du siehst ja fürchterlich aus. Steck doch wenigstens das Hemd in die Hose«, mischte sich nun zu allem Überfluß auch noch Victors Mutter besorgt ein. »Und Sie müssen Paul sein. Trinken Sie auch so gern Kräutertee?«

»Äh. Wie? Ja. Was? Nein. Wer …« Paul schüttelte verwirrt die Hand der kleinen Frau.

»Das ist meine Mutter. Mutter – Paul«, stellte Victor mit einem letzten Rest Souveränität vor.

»Ich hatte Sie mir ja ganz anders vorgestellt.« Victors Mutter wechselte ins Vertrauliche. »Mein Sohn sagt mir ja nichts, aber eine Mutter fühlt das ja dann doch. Da kann er sagen, was er will.«

»Verdammt, was ist hier eigentlich los? Wo bleiben denn die Kameras?« Irgend etwas lief nicht so, wie Kathrina sich das vorgestellt hatte. Sie wußte noch nicht was, aber davon würde sie sich jetzt nicht irritieren lassen. »Hören Sie, ich kann Ihnen das exklusiv geben, aber wir müssen Abmachungen treffen, sonst läuft hier überhaupt nichts«, wandte sie sich an Marguerite. »Ich habe schon andere Angebote«, fügte sie vage hinzu, als sie Marguerites Blick sah. »*Akte 05. Maischber…*«

»Wer ist denn das?« Marguerite sah sich fragend um. »Ulrike, Schätzchen, kennst du diese Bekloppte?«

»Das ist Kathrina. Wir haben sie mitgenommen. Als Anhalterin«, versuchte Paul zu erklären. »Aber dann hat sie uns im Wald ausgesetzt, nachdem die Klofrau die Flasche ins Heckfenster geworfen hatte. Weil wir sonst nicht über die Grenze gekommen wären.«

»Das ist Ulrike?« unterbrach ihn Kathrina. Dieses Wollrockmonster konnte unmöglich der Kopf einer internationalen Drogenbande sein. Kathrina kam ein furchtbarer Verdacht. »Und ihr seid gar nicht vom Fernsehen?«

»Herzchen, wenn ich vom Fernsehen bin, macht die Pille schwanger«, antwortete Marguerite.

»Und wo ist dann das Fernsehen? Sie müßten doch längst hier sein.« Kathrina begann zu schreien. »Das ist meine Story. Meine Story! Und ihr habt sie mir weggenommen. Ihr habt mich angelogen. Diese Geschichten über Sprengstoff und Drogen, das waren alles Lügen. Ich habe euch geholfen, und ihr habt mich nur ausgenutzt. Das war von Anfang an ein abgekartetes Spiel. Ihr habt mich reingelegt. Ihr steckt alle unter einer ...« Eine schallende Ohrfeige von Marguerite schnitt ihr hysterisches Kreischen abrupt ab. Leise wimmernd sackte sie neben den Überresten von Marguerites Auto zusammen.

Victors Mutter war Kathrinas Auftritt mit Interesse, aber weitgehend verständnislos gefolgt. Aber etwas hatte sie doch mitbekommen. »Drogen? Du nimmst Drogen?« wandte sie sich alarmiert an ihren Sohn. »Hat *er* dich dazu gebracht?«

Auch Ulrike war außer sich. Was wollte diese hysterische Ziege? Warum war das ihre Story? *Sie* war schließlich die Betrogene. Schamlos hatte man ihre Notlage ausgenutzt, ihre Schwangerschaft und die damit einhergehende

Hormonumstellung mißbraucht, um an das Auto der Beratungsstelle ranzukommen. Und das sollten jetzt alle wissen! »Einen feinen Urlaub in Italien wollten sich die Herren machen ...«, setzte sie an, »von wegen Entführung! Daß ich nicht lache! Euch ging es doch nie darum, Rudi zu finden. Das Auto wolltet ihr haben, und weil ihr vor lauter Biertrinken und Kuchenessen selbst keins kaufen konntet, mußte es halt unser Auto sein.« Mit einer kurzen Kopfdrehung suchte sie Marguerite, von der sie sich an dieser Stelle Unterstützung erhoffte, doch die glotzte immer noch verständnislos auf Kathrina. Also wandte sie sich wieder Victor und Paul zu.

»Aber Ulrike ...«

»So laß dir doch erklären ...«

»Nach Italien wolltet ihr euch absetzen. Und ich sollte schwanger zurückbleiben. Es reicht euch wohl nicht, Frauen auszubeuten. Nein, euch reicht das nicht. Ihr beutet sogar *schwangere* Frauen aus!«

»Junge, nimmst du wirklich Drogen?«

»Mutter!«

»Wir hatten wirklich eine Spur, Ulrike«, intervenierte Paul. »Oder sieht das hier vielleicht irgendwie nach Urlaub aus?«

Dem Argument war nicht zu widersprechen.

»Und welche Spur?«

»Junge, ich bin ja tolerant. In jeder Hinsicht. Und im Bett könnt ihr machen, was ihr wollt. Aber bei Drogen hört der Spaß auf!«

»Es ist das Paket. Das Paket, das Rudi uns gegeben hat, kurz bevor er verschwunden ist. Es liegt auf der Rückbank.«

»Was für ein Paket?« mischte sich Marguerite wieder ein.

»Ein Paket halt. Mittelgroß. Mittelschwer. Gut verklebt. Adresse drauf. Ein Paket halt«, schwafelte Paul.

»Rudi hat gesagt, wir sollen es abschicken, wenn die Lage zu heiß wird, aber wir wußten nicht, ob die Lage nun heiß war, und deswegen haben wir ...«

»... weil wir ja seine Pläne nicht durchkreuzen wollten und wir aber gar nicht wußten, was seine Pläne überhaupt waren ...«

»... die Sache selbst in die Hand genommen, weil ...«

»Und wer ist der glückliche Empfänger?« unterbrach Marguerite den unzulänglichen Erklärungsversuch.

»Ich natürlich. Ich!« schrie Ulrike. »Schließlich bin ich schwanger. Für wen soll es sonst sein?«

»Stimmt das?« Marguerite richtete einen ebenso fragenden wie durchdringenden Blick auf Victor und Paul, die plötzlich viel Interesse für das Alpenpanorama zu hegen schienen. »Ihr habt doch nachgeschaut?«

»Na ja ...«

»Nun ...«

»Um ehrlich zu sein ...«

»Wir sind noch nicht dazu gekommen ...«

»Schließlich wurden wir verfolgt ...«

»Und dann konnte man ja auch die Adresse nicht mehr lesen ...«

»Ich frage nur ungern: Warum seid ihr dann hier?« Marguerite war konsterniert. »Und warum habt ihr dafür mein Auto geklaut und zerstört?«

»Geliehen«, berichtigte Victor zaghaft.

»Es erschien irgendwie ... äh ... logisch?«

»Paul hatte da so eine Ahnung ...«

»Paul hatte was?«

»Du könntest ja eine Entzugstherapie machen«, schlug Victors Mutter vor. »Es gibt da wundervolle Sanatorien.«

»Ich will jetzt endlich mein Paket!« forderte Ulrike.

»Es liegt auf der Rückbank.«

Marguerite räumte die noch immer schluchzende Kathrina beiseite und öffnete die Fahrertür.

»Mhmmpf«, meinte der mit Klebeband umwickelte Tennisexperte hoffnungsvoll. »Mhmmpfff?«

»Ich will euch nicht überfordern, aber habt ihr wenigstens eine Erklärung dafür, warum auf meinem Beifahrersitz jemand festgeklebt ist?« fragte Marguerite betont pädagogisch.

»Das ist Frank«, erklärte Paul.

»Er ist ein Idiot«, fügte Victor hinzu. »Er spielt Tennis.«

»Das dürfte ihm im Moment schwerfallen.« Als Marguerite sich über den Beifahrersitz beugte, schloß Frank die Augen. Das Match war nicht gut für ihn gelaufen. Nach einem ausgeglichenen ersten Satz hatte ihm eine Reihe folgenschwerer Doppelfehler nachhaltig zugesetzt. Der letzte Aufschlag würde alles entscheiden, Spiel, Satz und Sieg. Nur seine Gegnerin machte ihm angst, zumal sie ein großes Klappmesser aus ihrer Gürteltasche zog und aufklappte.

»Uaaaaaarrrrrrrggggh.«

Marguerite hatte das Klebeband durchschnitten und mit einem scharfen Ruck von Franks Mund gerissen. Dann ging alles ganz schnell. Frank wußte, was er zu tun hatte. Ohne lange zu überlegen, stieß er Marguerite mit einem strammen Rückhandschlag beiseite, schnappte sich das Paket von der Rückbank und stolperte los. Hinter ihm ertönten laute Schreie, die die Rückgabe des Paketes forderten, aber ein rascher Blick über die Schulter zeigte ihm, daß seine einzige Verfolgerin, durch wehende Tücher und wallende Röcke behindert, keine Gefahr für ihn war. Seinen Vorsprung würde er halten. Um den ungeheuren Druck in seiner Blase würde er sich kümmern, sobald er die Baumgrenze erreicht hatte, aber diese Leute sollten nicht ungestraft davonkommen – das Beweismaterial, Drogen und Sprengstoff, würde dafür sorgen. Auge um Auge, Zahn um Zahn, Wurst wider Wurst. Haß und Rache trieben ihn schneller voran, als er es seinen von der langen Fesselung versteiften Gliedern zugetraut hatte.

Victor und Paul bargen die unter der aus den Angeln gerissenen Beifahrertür begrabene Marguerite und stellten sie mit vereinter Kraft wieder auf die Beine.

»Das tut uns wirklich sehr leid …«, beteuerte Paul.

»Wir wollten wirklich nicht, daß das alles passiert …«, sprang ihm Victor zerknirscht bei, während er versuchte, die Staub- und Ölflecken aus Marguerites Jacke zu klopfen. »Das geht bestimmt wieder raus.«

»Und das Auto kann man vielleicht auch wieder …«

»Schon gut. Ich hab verstanden«, sagte Marguerite.

»Du meinst …«

»Ich brauche jetzt einen Espresso. Doppelt. *Corretto.*«

Victor und Paul sahen sich hilfesuchend um. Der Parkplatz hatte sich wieder mit raschelnden *Sympatex*-Jacken gefüllt. Die Reisegruppe war zurückgekehrt.

»Aber nicht hier. Ich kenne drei Frauen, die ein Café haben, in Lazzarone, direkt am Meer. Nur ein paar Stunden von hier. Da fahren wir jetzt hin.«

»Wo?«

»In Lazzarone. Was ist daran so komisch? Kennt ihr das Kaff?«

»Paul hatte da so eine Ahnung …«, begann Victor.

»Nein. Kennen wir nicht«, unterbrach Paul, »nie gehört. Laßt uns fahren.«

STRAND

Sechsundvierzig

Die sanften Wellen umspülten Victors und Pauls Waden. Vom Meer her wehte eine würzige Brise. Mit jeder Woge versanken ihre Füße tiefer im feinen Sand. Der Horizont führte sein abendliches Spektakel in hellblau, blaßrosa und violett auf. Der Schatten, den Marguerites massiger Leib auf den weißen Strand warf, wurde länger.

»Was gibt's heute abend zu essen?«

»Vivian hat Fische gefangen, und Charlotte brät sie in Knoblauch.«

Der Schrei einer Möwe durchdrang den kurzen Augenblick der Stille.

»Victor?«

»Ja?«

»Fragst du dich nicht auch manchmal, was in dem Paket eigentlich drin war?«

»Ja.«

»Und?«

»Ist das wirklich so wichtig?«

Die Möwe hatte einen angespülten Fisch gefunden und versuchte, ihn unbemerkt vor den anderen Möwen in Sicherheit zu bringen.

»Ich weiß nicht.«

»Paul, um das zu erfahren, hätten wir es aufmachen müssen. Aber dann wären wir jetzt vielleicht nicht hier.«

Paul nickte zustimmend.

»Das Leben ist voller Pakete«, erklärte Victor nach einer Weile. »Die meisten sind verschlossen. Und nicht alle müssen geöffnet werden. Sie sind unterschiedlich groß und schwer, manche sind leer, andere voller Überraschungen, guten wie schlechten. Und wieder andere sind noch nicht einmal als Paket zu erkennen. Aber wenn wir sie öffnen, müssen wir mit dem leben, was darin ist. Solange sie geschlossen sind, haben wir immer noch die Möglichkeit, selbst zu entscheiden.«

»Du meinst, es war richtig so?«

»Paul?«

»Ja?«

»Schau einfach nach vorne.«

Der Sonnenuntergang gab sich alle Mühe, Victor recht zu geben.

»Victor?«

»Mhm?«

»Laß uns essen gehen.«

Siebenundvierzig

Victors Mutter schloß sich der Osnabrücker Reisegesellschaft an und fand dort eine interessierte und dankbare Zuhörerschaft. Nach der dreitägigen Rundfahrt *Historisches Italien* kündigte Tina, die Reiseleiterin, ihren Job und wurde Lesesaalaufsicht an der katholischen Fakultät der Universität Tübingen. Victors Mutter, vom Reisefieber gepackt, tourte durch die Metropolen Europas und wurde zuletzt in Helsinki gesehen. Ihr Sohn konnte ihr glaubhaft versichern, daß er – mit Pauls Hilfe – seine Drogensucht in den Griff bekommen habe.

Kathrina fuhr mit dem Zug nach Hause und verarbeitete ihre traumatischen Erlebnisse in einem Psychologiestudium.

Frank konnte den Vorsprung halten und erreichte schließlich die Questura in Como, wo er aufgeregt das Paket präsentierte und in akzentfreiem Italienisch von Entführung, Drogenhandel und Sprengstoffattentaten berichtete. Die Beamten öffneten das Paket und verhafteten Frank wegen versuchter Irreführung der Behörden.

Ulrike mußte die Verfolgung von Frank aufgeben und brach vor der Tür einer deutschstämmigen Agrarkommune zusammen, wo sie sieben Monate später im Rahmen einer gemeinschaftlichen und natürlichen Geburtszeremonie einen gesunden Jungen zur Welt brachte, der später Unternehmensberater global operierender Konzerne wurde.

Andrej, der Mann in der schwarzen Lederjacke, konnte seinen Auftrag, Rudi zu finden und zu liquidieren, nicht ausführen. Nachdem er Victor und Paul eine Woche lang unablässig gefolgt war, fühlte er sich ausgelaugt und leer. Heute züchtet er in einem ruhigen Stadtteil von Frankfurt Kaninchen.

Rudi blieb verschwunden.

Foto: Klaus Weddig

Christoph Jenisch,

geboren 1967, studierte Physik, Geschichte und Philosophie. Währenddessen arbeitete er als Theaterbeleuchter, Layouter und Buchverkäufer. Seit seiner Promotion verdient er seinen Lebensunterhalt als IT-Berater. Er lebt seit seiner Geburt in Frankfurt und sieht keinen Grund, dies zu ändern.

Martin Beer,

geboren 1970 in Frankfurt, studierte Verschiedenes und arbeitete als Spirituosenverkäufer, Musiker und Werbesprecher. Derzeit ist er Lehrer an einer Offenbacher Grundschule. Wie alle Hessen war auch er zu faul zur Völkerwanderung.

Gemeinsam bilden sie seit 1991 das Kabarett-Duo »Die Nasen von Nauru«.

Mehr von & über Beer & Jenisch: www.nasen-von-nauru.de

Beer & Jenisch bei Satzwerk

Martin Beer / Christoph Jenisch
Sydney – Abenteuer eines arglosen Hasen
Bildgeschichten
ca. 100 Seiten, broschiert, durchgehend farbige Abb., 9,90 Euro
ISBN 3-930333-56-2

Man hat's nicht leicht im Leben – schon gar nicht als kleiner, argloser Hase wie Sydney, der allerlei erstaunliche Abenteuer erlebt. Ob er, wochenlang gegen Seekrankheit ankämpfend, auf dem großen weiten Meer treibt, nur um in Offenbach zu landen, oder einem obskuren Billigflugangebot auf den Leim geht, ob er Jesus begegnet oder gefährlichen Indianern, ob er in Nashville vom Ruhm träumt oder im irischen Bundoran versucht, Gefangene zu befreien – immer macht Sydney in Wort und Bild Erfahrungen, die er erst mal verarbeiten muß …
Doch Sydney behält stets den Kopf über Wasser. Weil er der Welt mit Staunen und Gelassenheit entgegentritt – ein weiser Seelenverwandter des berühmten Bären Pu.
Hochkomisch, rührend und gescheit: Man muß Sydney lieben!

Ganz andere Literatur bei Satzwerk

Thomas Ahlers / Volker Dehs
Mac und Mufti. Punk in Ebergötzen
Überarbeitete Neuausgabe
56 Seiten, broschiert, 8,– Euro
ISBN 3-930333-25-2

F.W. Bernstein
Der Untergang Göttingens und andere Kunststücke in Wrt & Bld
Hrsg. von Peter Köhler
190 Seiten, broschiert, 15,– Euro
ISBN 3-930333-31-7

Christian Dietrich Grabbe / F.W. Bernstein
Scherz, Satire, Ironie und tiefere Bedeutung
129 Seiten, gebunden, 24,– Euro
ISBN 3-930333-43-0

Joe Jackson
Ein Mittel gegen die Schwerkraft. Musikalische Wanderjahre
Aus dem Englischen von Andreas Wostrack und Ursula Barth
336 Seiten, Fadenheftung, fester Einband, 23,– Euro
ISBN 3-930333-33-3

Joe Jackson & Heinz Rudolf Kunze live
A Cure for Gravity / Ein Mittel gegen die Schwerkraft
Audio-CD im aufwendigen DigiPack,
Booklet mit zahlreichen Fotos, 73 Min. Spieldauer, 12,95 Euro
ISBN 3-930333-50-3

Heinz Rudolf Kunze
Ein Sommernachtstraum
Das Musical nach William Shakespeare
Mit Illustrationen von F.W. Bernstein
154 Seiten, gebunden, 10,– Euro
ISBN 3-930333-48-1

Klaus Modick

Zuckmayers Schatten. Vermonter Journal

93 Seiten, broschiert, 12,– Euro

ISBN 3-930333-53-8

Jürgen Roth

Allein gegen die Birke

Abhandlungen über die Flora, die Fauna, das Wetter,
die Menschen draußen im Lande und die ganze sonstige Natur
Samt einem Interview mit Gerhard Polt
Mit Illustrationen von Dietmar Coesebrink
ca. 120 Seiten, broschiert, ca. 10,– Euro

3-930333-54-6

Madeleine Sauveur

Hermann hatte völlig vergessen, wie man Brot schreibt.

Unwahrscheinliche Geschichten
Illustriert von Ina Selke
106 Seiten, broschiert, 10,– Euro

ISBN 3-930333-49-X

Jochen Schimmang

Vier Jahreszeiten

54 Seiten, kartoniert, 14,– Euro

ISBN 3-930333-42-2